हरी घास की छप्पर वाली झोपड़ी और बौना पहाड़

किशोर, बड़ों और बच्चों का एक उपन्यास

हरी घास की छप्पर वाली झोपड़ी और बौना पहाड़

विनोद कुमार शुक्ल

राजकमल प्रकाशन

ISBN : 978-81-267-2019-4

मूल्य : ₹595

पहला संस्करण : 2001
चौथा संस्करण : 2023

प्रकाशक : राजकमल प्रकाशन प्रा.लि.
1-बी, नेताजी सुभाष मार्ग, दरियागंज
नई दिल्ली-110 002
शाखाएँ : अशोक राजपथ, साइंस कॉलेज के सामने, पटना-800 006
पहली मंजिल, दरबारी बिल्डिंग, महात्मा गांधी मार्ग, प्रयागराज-211 001
1, अनमोल सोराबजी संतुक लेन, धोबी तलाव, मरीन लाइंस, मुम्बई-400 002
वेबसाइट : www.rajkamalprakashan.com
ई-मेल : info@rajkamalprakashan.com

मुद्रक : यश प्रिंटोग्राफिक्स
नोएडा-201 301 (उत्तर प्रदेश)

HARI GHAS KI CHHAPPAR WALI JHOPADI
AUR BAUNA PAHAD
Novel by Vinod Kumar Shukla

अपने सबके अन्दर
चाहे कोई कितना भी छोटा हो
पर सबकी गहराई अन्दर की
गहरी है—
खुद अपने अन्दर भी
गिरते पड़ते
रहते हैं
एक और संसार
अपनी गहराई में
चाहे उल्टा बसा हो बाहर के संसार से
कभी वहीं रहे आने का मन करता है
रह लेना चाहिए।

बचपन में चिड़ियों पर नज़र बहुत पड़ती है। बड़े होने लगते हैं तो उन पर नज़र कम पड़ती है।

हम लोग बैठे-बैठे भी बात करते हैं, चलते-चलते भी। अकेले बड़बड़ाते हैं। लेटे-लेटे बात करते हैं। नींद में भी बोलते हैं। परन्तु पतरंगी चिड़िया, उड़ती है तभी बोलती है। बैठ गई तो चुप हो जाती है।

उसे बोलना है तो उड़ेगी। नहीं बोलना है तो बैठ जाएगी।

पतरंगी, गौरैया जितनी बड़ी होती है। पूँछ लम्बी और नुकीली होती है। यह खुली जगहों में, खेतों, बाड़ के खम्भों, टेलीफोन के

तारों में बैठे अक्सर दिखाई देती है। साँझ होते ही सोने के पहले बसेरे के पेड़ के ऊपर बहुत हल्ला मचाती है। एक झुण्ड हल्ला मचाते हुए उड़ता है और पेड़ पर बैठते ही चुप हो जाता है, तो दूसरा झुण्ड हल्ला मचाते हुए उड़ने लगता है।

इस चिड़िया का उड़ते हुए बोलना अनोखा लगता है। यह उड़ते-उड़ते दुगुनी थक जाती होगी, उड़ते हुए और बोलने से। इसलिए दुगुनी सुस्ताती होगी, बैठकर और चुप रहकर।

एक लड़का है छह साल का। दूसरी कक्षा में पढ़ता है। मटमैले रंग की एक नई कमीज़ पहने है जो दो बार धुलने के बाद बहुत पुरानी लगती है। कत्थे रंग की पेंट है। वह दृश्य में इस तरह घुल-मिल जाता है कि मुरमी ज़मीन के मैदान पर थोड़ी दूर ही जाता है तो ओझल होने के बहुत पहले से ओझल होने लगता है। जब वह अचानक पास आकर दिखाई देता है तो लगता है कि कैमरे के ज़ूम लेंस से लाया गया है। बाल घुँघराले, काले और बड़े हैं। कंघी से पीछे कोरे गए। उसकी इच्छा होती है, उड़ जाए। यदि चुप बैठा रहता है तो लगता है कहीं खो गया। उसकी माँ तब उसे बुलाती कि कहीं खो गया है ? 'कहीं खो गया है' उसे पुकारने का नाम जैसा था। यह पुकारने का नाम घर का था, बाहर भी। स्कूल में भी था। परन्तु स्कूल का लिखाया हुआ नाम बोलू था। यह नाम उसकी सफलता के साथ चहकने के कारण रखा गया था।

बहुत दिनों के बाद एक दिन उसकी माँ को पता चला कि वह केवल चलते हुए बोलता है। चुप रहता है तब खड़ा रहता है या बैठा रहता है। अच्छे से बोलना उसने तब सीखा जब वह चलना, दौड़ना सीख गया। कूल्हे के बल जब खिसकता था तब च, च, या ब, ब या द, द बोलना शुरूकिया था। घुटने के बल चलते समय चच, बब, दद बोलता था। अच्छा था कि उसकी नींद में बड़बड़ाने की आदत नहीं थी।

चलते-चलते बोलने की आदत के कारण सुनने वालों को

उसके साथ-साथ चलना पड़ता। उसकी माँ उसके साथ नहीं चल पाती थी। पीछे-पीछे चल पाती थी। कई दिनों के बाद उसकी माँ को यह भी पता चला कि वह जल्दी थक क्यों जाती है। इसके बाद भी बोलू का काम ठीक चल रहा था। घर-संसार का काम भी ठीक चल रहा था। जैसे उसे स्कूल जाना है, तो किताब से बोलने के लिए कोई पाठ जो उसे याद करना है, निकाल लेता और बस्ता लटकाकर ज़ोर से पढ़ते, दुहराते स्कूल के रास्ते चल पड़ता। कक्षा में अपनी जगह पर आकर बैठकर चुप हो जाता या बैठने के लिए चुप हो जाता। स्कूल से लौटते समय भी ऐसा ही करता। रास्ते में उससे कोई कुछ पूछता तो खड़े होकर सुन लेता और उत्तर देते हुए चल पड़ता। बोलते हुए आने के कारण जब वह स्कूल से लौटता तो उसका पास आना माँ सुन लेती। दरवाज़े का साँकल अन्दर से खोल देती, बोलू दरवाज़े को ठेलकर अन्दर आ जाता। रोज़ रास्ते भर पढ़ते हुए स्कूल जाने और पढ़ते हुए घर आने से बोलू पढ़ने में होशियार था।

एक दिन जब वह स्कूल से लौटा तो माँ ने उसे दूध-रोटी खिलाई। माँ जब थकी होती तो बोलू से कुछ पूछती नहीं थी। परन्तु उस दिन पूछ लिया। दूध-रोटी उसने खतम किया ही था।

''आज स्कूल में क्या हुआ ?'' प्यार से माँ ने पूछा।

बोलू चुप बैठा हुआ था। चलने और बोलने से थोड़ा-दुगुना थका हुआ। माँ का अपने बेटे से बात करने का मन तो होता है। बोलू का भी मन होता है कि अपनी माँ से बात करे।

''बोलू, बोलता क्यों नहीं ?''

''माँ, आज स्कूल में बहुत अच्छा लगा,'' खड़े होकर चलते हुए बोलू ने कहना शुरूकिया...

एक कमरे का घर। घर का दरवाज़ा खुला था। ''हुआ यह,'' कहते हुए बोलू चार कदम में ही घर से बाहर हो गया। बोलू को जैसे मालूम था कि माँ पीछे आ रही होगी। बोलू चलते-चलते बोल रहा था। पीछे उसकी माँ बात सुनते हुए चलती आ रही थी।

"माँ ! एक बिल्ली का बच्चा कक्षा में घुस आया। भूरी बिल्ली थी। कोई लड़का बस्ते में लाया होगा। कॉपी-किताब निकालने के पहले बिल्ली का बच्चा खुद बाहर निकल आया होगा। मेरी किताब में चूहे-बिल्ली का पाठ है। कहीं मेरी किताब के पाठ से तो बिल्ली का बच्चा बाहर न निकल गया हो ! अब पाठ में वापस कैसे जाएगा ? सबकी किताब से एक-एक कर बिल्ली के बच्चे बाहर आ जाएँ तो कक्षा में बहुत से बिल्ली के बच्चे हो जाएँगे। एक जैसे पाठ की एक जैसी बिल्ली। मैं अपनी बिल्ली कैसे पहचानूँगा ? मेरी किताब की मेरी बिल्ली मुझे पहचानती होगी। मेरी किताब को भी पहचानती होगी। पहले बस्ते के अन्दर बिल्ली जाएगी। बस्ते के अन्दर से किताब के अन्दर। किताब के अन्दर से पाठ के अन्दर।" बोलू जल्दी-जल्दी बोल रहा था। इसलिए जल्दी-जल्दी चल रहा था।

बोलू के कहे एक-एक शब्द से बोलू की माँ थोड़ा-थोड़ा पिछड़ती जा रही थी। फिर एक-एक शब्द से एक-एक कदम पीछे होने लगी। तब माँ ने बोलू से ज़ोर से कहा, "बोलू बेटा, चुप हो जा," तो बोलू रुकते ही चुप हो गया। "बेटा, घर की तरफ लौटो। घूम जाओ। देर हो गई। दूर निकल आए।"

"हाँ, माँ !" कहकर वह घर की तरफ घूम गया।

"अब बता, बिल्ली का क्या हुआ ?"

"बिल्ली कक्षा में इधर-उधर भाग रही थी। सब लड़के बिल्ली को पकड़ने की कोशिश कर रहे थे।"

"गुल-गपाड़ा हो गया।"

"गुड़-गोबर हो गया ?" माँ ने पूछा।

"नहीं। मास्टर जी हँस रहे थे। बिल्ली से डरकर कोने में खड़ा एक लड़का रोने लगा था, तो उसके पास में खड़ा दूसरा लड़का भी रोने लगा। जब मास्टर जी हँसने लगे तो सब हँसने लगे। रोने वाले लड़के भी। मैं बार-बार बोलता जा रहा था और बिल्ली को पकड़ने कूदता-भागता था कि बिल्ली, मैं तुझको पकड़ लूँगा। भागकर कहाँ

जाएगी। पर मैं बिल्ली को पकड़ नहीं सका। कोई नहीं पकड़ पाया और बिल्ली कक्षा से बाहर भाग गई।''

बोलू माँ के पास आ गया था। आगे कुछ बोलने को और आगे जाने को उसने कदम उठाया ही था कि वहीं खड़ी बोलू के पास आने का रास्ता देखती उसकी माँ ने बोलू का हाथ पकड़ा, ''बोलू, थोड़ा रुक जा।''

बोलू रुक गया।

''धीरे-धीरे कुछ बोल बोलू। तेरी माँ थक गई। धीरे-धीरे घर चल। मैं तेरा हाथ अपने सहारे के लिए पकड़े हूँ।''

बोलू ने तब माँ के सुख के लिए अपने मन से एक कविता सुनाई :

''पतरंगी पतरंगी
तू उड़ते-उड़ते बात करेगी
मैं चलते-चलते बोलूँगा
माँ, तुम बताओ पतरंगी संग
मैं उड़ते-उड़ते कब बोलूँगा।''

माँ को सुनने बोलू चुप होकर खड़ा हो गया। तब माँ ने बोलू को चिपटा लिया और सिर पर हाथ फेरते हुए उँगलियों से उसके बड़े-बड़े बालों को पीछे की तरफ सुलझाते हुए गाकर कहा :

''अभी तू नन्हा छोटा है
अभी से उड़ जाएगा
पढ़-लिख लेने से
पंख तेरे फूटेंगे
तब तू उड़ना।''

माँ के बोलने के साथ बोलू माँ का कहा दुहराता जा रहा था कि माँ का कहा याद हो जाए और धीरे-धीरे थोड़ा रुकते-रुकते दोनों साथ-साथ घर के अन्दर आ गए।

बोलू के घर के आगे बजरंग होटल था। जब यहाँ बस्ती नहीं थी, एक भी घर नहीं बसा था, तब यह होटल बसा था। इसके बाद होटल के चारों तरफ एक-एक कर घर बसे। जब कोई नहीं था तो यहाँ होटल क्यों खुला, यह किसी को पता नहीं। हो सकता है, होटल पहले एक घर हो। फिर घर में होटल खुल गया हो। बड़े-बूढ़ों का कहना है कि होटल में पहले घर नहीं था। और अभी भी होटल में घर जैसा कुछ नहीं है। होटल में केवल चाय और भजिया ही मिलती। होटल वाले को होटल के नाम से बजरंग महराज कहा जाता। चाहे उसका नाम दूसरा हो, या होटल वाले का नाम न रखा जाता हो कि उसका नाम बजरंग महराज पहले से है।

बजरंग महराज टोपी पहनते थे। टोपी का सफेद रंग शुरू में रहा होगा जब नई होगी। टोपी पर गन्दगी का पक्का रंग चढ़ा था। रोज़ धुलती। परन्तु महीने से नहीं धुली जैसी होती। बजरंग महराज का एक लड़का था। दस-बारह साल का होगा। मोटा और ऊंचा। अपनी उम्र से बड़ा दिखता। पिता की तरह टोपी पहनता। उसकी टोपी भी गन्दी रहती। उसने स्कूल जाना छोड़ दिया था। जब-तब फेल हो जाता था। अब वह होटल में बैठने लगा था और चोरी से बड़े-बड़े अक्षरों वाली एक पतली जादू की किताब पढ़ता।

स्कूल थोड़ी दूरी पर था। स्कूल का नाम गोल स्कूल था। स्कूल के चारों तरफ चौड़ा गोल बरामदा था। स्कूल सचमुच गोल था। बरामदे में हर कक्षा के दरवाज़े खुलते थे। गोल स्कूल से कुछ दूर

एक लम्बा स्कूल था। खड़ी लकीर की तरह लम्बा स्कूल। पर दोनों इस तरह पास थे कि ऊपर से देखने में दस के अंक की तरह लगते। लम्बा स्कूल दहाई की तरह था। इसके सामने और पीछे बरामदे थे। दोनों स्कूलों के बरामदों में लकड़ी के खम्बे लगे थे।

बजरंग महाराज के लड़के का नाम तो भैरा था, पर बजरंग महराज के बाद इसका नाम भी बजरंग महराज होगा, यह सबको मालूम था। बहरे को भैरा कहा जाता। लेकिन भैरा बहरा नहीं था। भैरा की अनसुना करने की आदत थी। बार-बार कहे को भी वह अनसुना कर देता, इसलिए लोग इसे प्रायः बहरा समझ लेते। और इशारे से बात करते। इशारे से बात करना भैरा को अच्छा लगता। वह इशारे को अनदेखा नहीं करता था। भैरा को इशारे से बात करते देखते तो उसे गूँगा भी समझ लिया जाता। जन्म के बाद भैरा ने जब से समझकर सुनना शुरू किया होगा तभी से उसने अनसुना करना भी शुरू कर दिया होगा। इसलिए उसे छुटपन से ही भैरा कहा जाने लगा था।

भैरा अपने पिता से बात करने में डरता। परन्तु उनसे इशारे से बात करने में नहीं डरता था। बजरंग महराज जानते थे कि भैरा उनके कहे को अनसुना कर देगा इसलिए वे भी इशारे से बात करते। बजरंग महराज बहुत गुस्सैल थे। वे किसी भी बात पर नाराज़ हो जाते। लेकिन लोगों को पता चला कि इशारे से बात करने से वे नाराज़ नहीं होते। इसलिए बहुत से लोग उनसे इशारे से बात करने लगे। यह भी होता कि यदि इशारा करना भूलकर बात करते तो अचानक बजरंग महराज गुस्सा हो जाते। याद आते ही तत्काल इशारे से बात करते तो उनका गुस्सा शान्त हो जाता। इशारे से बात करने में ध्यान इशारे में होता और गुस्से से ध्यान हट जाता। परन्तु दूर के व्यक्ति से इशारे में बात नहीं की जा सकती। भैरा जब दूर होता या आड़ में होता तो बजरंग महराज ज़ोर से भैरा को आवाज़ देते। जब बजरंग महराज ज़ोर से बोलते तो सुनकर जंगल में शेर दहाड़ता। बजरंग महराज की

आवाज़ को शेर जानता होगा।

भैरा जब भी बोलू से मिलता तो बोलू से कहता, ''बोलू, तुम पहले मत बोलना। मैं बोलूँगा।''

बोलू चुपचाप खड़ा हो जाता। भैरा जब अपनी बात बोल देता फिर बोलू से कहता, ''इशारे से बात करना,'' इससे बोलू इशारे से बोलने में खड़ा रहता। बोलू के साथ-साथ चलते हुए बात करने में थक जाने से भैरा बचने की कोशिश करता।

गोल स्कूल की बाहरी दीवालें गोलाई लिए हुए चिकनी थीं। उसी तरह कक्षा की अन्दर की दीवालें जो बरामदे की तरफ थीं गोलाई लिए हुए चिकनी थीं। अन्दर की कक्षा की दीवालों में आले बने हुए थे। तरह-तरह के छोटे-बड़े आले। आले नीचे से दो-तीन फुट छोड़कर इतनी ऊँचाई तक एक के ऊपर एक बने थे कि सीढ़ी लगाकर ही उन तक पहुँचा जा सकता। लड़के इन्हीं आलों में जहाँ तक उनका हाथ पहुँचता अपना बस्ता, किताबें रखते। लेकिन नीचे बोरों पर बैठकर पढ़ते। बाहरी दीवालें मोटी थीं। इसलिए आले गहरे थे। एक कमरे में बोलू की कक्षा थी। एक दूसरे कमरे में भैरा की कक्षा थी जिसने अब स्कूल छोड़ दिया था। स्कूल के इन आलों में लड़कों की छुट्टी के बाद रोशनदान से आए हुए कबूतर बैठे होते। सारे आले कबूतरों से भर जाते। कबूतर कक्षा में बीट नहीं करते थे। उनकी गुटरगूं होती। तब लगता, उनकी पाठशाला लगी है। एक ही स्लेटी रंग के कबूतर। स्कूलों में लड़के-लड़कियों में एक जैसे कपड़ों का चलन इन एक जैसे कबूतरों को देखकर चला हो। जब बच्चे बोलकर पढ़ते होते तब गौरैया चिड़िया का समय होता। कक्षा के रोशनदान, खिड़की और दरवाज़े के पास गौरैया होतीं और उनकी चहचहाहट सब जगह होती। अबाबील कक्षा के अन्दर आकर गोल चक्कर लगाती और दरवाज़े या खिड़की से बाहर निकल जाती। अबाबील इतनी तेजी से चक्कर लगाती कि वह झलक की तरह होती। और अबाबील को नहीं अबाबील की झलक को चक्कर लगाते हुए देखते।

यह भी लगता कि यह अबाबील नहीं, अबाबील का भ्रम है।

बरामदे के गोल होने का लाभ बोलू को था। गुरुजी के कहने से बोलू उत्तर देते हुए बरामदे में जब आता तब उसके पीछे लड़के और गुरुजी भी होते। सभी लड़कों को उत्तर ध्यान से सुनना है यह नियम में था। बोलू का उत्तर कभी एक चक्कर में पूरा हो जाता, कभी ज़्यादा चक्कर में। कभी-कभी बोलू उत्तर देते हुए धुन में बरामदे से उतरकर मैदान पर आ जाता। और गोल चक्कर लगाता। ऐसे समय यदि अबाबील या चील ऊपर चक्कर लगाती तो नीचे बोलू का भी समानार्थी चक्कर होता।

जब बोलू पहली बार बरामदे में चलते हुए उत्तर दे रहा था तब गुरुजी ने समझाया था, ''बोलू, जोर से और धीरे बोलो।''

बोलू ने चलते हुए गुरुजी से पूछा, ''गुरुजी, जोर से धीरे कैसे बोलूँ ?''

गुरुजी का आशय था कि बोलू जोर से बोले और धीरे चले ताकि सब सुन सकें। गुरुजी के समझाने से फिर बोलू समझ गया था। बोलू जोर से बोलता। जल्दी-जल्दी नहीं बोलता था, इसलिए धीरे-धीरे चलता। उसके बोलने में छोटे-छोटे वाक्य होते। उसके बोलने में भी अर्ध-विराम और पूर्ण-विराम होता। इससे चलने में भी अर्ध-विराम और पूर्ण-विराम होता। बोलने और चलने में उसने सन्तुलन बना लिया था। न तो वह लड़खड़ाता था, न बोलने से अटकता। यह सन्तुलन शब्द उच्चारण और कदम उठाकर रखने में था। जब वह पूर्ण-विराम से भी अधिक देर तक रुककर आगे कदम रखता तो इसका मतलब होता, बोलने में और चलने में वह एक पैराग्राफ से दूसरे पैराग्राफ में जा रहा है। वह इतना अच्छा बोलता था जैसे छपा हुआ बोल रहा हो। छपे हुए में पैराग्राफ आते ही बरामदे में भी पैराग्राफ की दूरी आ जाती जिससे वह कदम उठाकर अधिक दूरी पर रखता। यह सब कुछ दूर से देखें तो पढ़ाई के परेड जैसा था।

गोल स्कूल एक बड़ा गोलाकार था। स्कूल छोड़ने के पहले

भैरा को कई बार पढ़ाई परेड में शामिल होना पड़ा था जो बड़े गोलाकार की तरह बड़ा थकाऊ था। भैरा को दण्ड में पढ़ाई परेड में शामिल होना पड़ता। और बोलू को अपनी पढ़ाई छोड़कर भैरा को पढ़ाना पड़ता। तब प्रायः बोलू के साथ अकेला भैरा ही होता। गुरुजी भी नहीं होते। पढ़ाई परेड में भैरा पसीने से भींग जाता। तब बोलू चुप होकर खड़ा हो जाता।

भैरा कहता, ''इशारे से पढ़ाओ बोलू।''

बोलू इशारे से पढ़ाने की कोशिश करता। परन्तु बेकार होता। वह नहीं चाहता कि भैरा थके। बोलू का नाम केवल संज्ञा नहीं था, सर्वनाम भी था। सब बोलू को प्यार करते।

एक दिन बोलू अपना पाठ दुहराते हुए घर जा रहा था। रास्ते पर आते हुए भैरा मिल गया। भैरा को देखकर बोलू चुप होकर खड़ा हो गया।

''इशारे से बात करना बोलू,'' भैरा ने कहा।

इशारा कर बोलू ने पूछा, ''क्या बात करूँ ?''

जिसके पास बोलने का विकल्प है उसे इशारे से बात करने में कठिनाई होती है। बोलू का इशारा भैरा समझ गया था।

''कुछ भी बात करना पर स्कूल की बात नहीं,'' भैरा ने भी इशारा किया।

भैरा की नज़र एक घर के छप्पर पर बैठे हरियल पर थी। इशारा करने के लिए बोलू ने हाथ के दोनों पंजों को फैलाया और दोनों अंगूठों को मिलाकर इस तरह हिलाया कि पक्षी है। और उंगली से छप्पर की तरफ इशारा किया कि वहाँ है। तभी हरियल और उंगली के इशारे के बीच एक पीले रंग की तितली आ गई जिसे देखकर भैरा ने कहा, ''तितली।''

''नहीं,'' कहकर बोलू दो कदम दूर जाकर खड़ा हो गया। भैरा समझ गया कि इशारा न समझ पाने के कारण बोलू गुस्सा हो गया।

''तुमने तितली की तरफ इशारा किया था।''

''नहीं, छप्पर पर हरियल बैठा था। उसकी तरफ इशारा किया था।''

''उस तरफ एक तितली थी। पीले रंग की थी। छोटी थी। छप्पर पर बैठने वाली थी पर नहीं बैठी। उड़कर दूसरी तरफ चली गई। इतना सब देखा। हरियल तो नहीं दिखा।''

''तितली मुझे नहीं दिखी,'' बोलू ने कहा।

यह सब बोलते हुए दोनों चल रहे थे। भैरा बस एक कदम पीछे था।

''तितली होती तो उसके छोटे-छोटे पंख फड़फड़ाने को मैं दो उँगलियों को धीरे-धीरे छोटे फड़फड़ाने से दिखाता। जैसे तितली हो।'' बोलू ने कहा।

यह तो था कि जब भैरा बोलता तो बोलू सुनने के लिए रुक जाता। जब बोलू बोलता तो चल पड़ता और सुनने के लिए भैरा भी।

''मित्र को साथ-साथ चलना चाहिए। तुम मेरे साथ नहीं चलते,'' बोलू ने कहा।

भैरा को पसीना आ रहा था। उसने सिर से टोपी निकाली। टोपी से मुंह और गले का पसीना पोंछा।

एक घर के सामने गाय बाँधने के लिए खूँटा गड़ा था। उस पर पतरंगी चिड़िया बैठी थी। उसकी लम्बी पूँछ अंत में लकीर की तरह पतली थी। भैरा ने उसकी तरफ इशारा कर पूछा, ''खंजन है ?''

''नहीं। पतरंगी है।'' बोलू ने कहा।

''क्या तुम खंजन चिड़िया को पहचानते हो ?'' भैरा ने पूछा।

''हाँ,'' बोलू ने कहा।

तब भैरा कुछ दौड़ता हुआ बोलू के पास गया और कहा, ''मैंने एक जादू सीखा है। अगर खंजन चिड़िया का पंख सिर पर रख लो तो गायब हो जाओगे।''

''फिर आएँगे कैसे ?''

''सिर से पंख उतार लो तो आ जाएँगे,'' भैरा ने कहा।

''गायब होकर क्या कहीं चले जाते हैं ?'' बोलू ने पूछा।

''वहीं रहते हैं। जहाँ जाना चाहें जा सकते हैं, पर किसी को दिखते नहीं।''

''परन्तु मैं गायब होकर कहीं नहीं जा सकूँगा। चुपचाप गायब होकर वहीं खड़ा रहूँगा। जाने के लिए मुझे बोलना पड़ेगा और सब लोग जान जाएँगे कि बोलू बोल रहा है,'' बोलू ने कहा।

''पर तुम दिखोगे नहीं। गायब रहोगे,'' भैरा ने कहा।

''तुम गायब होकर चुपचाप जा सकते हो। गायब होकर क्या मैं तालाब में नहा सकता हूँ ?''

''यह मुझको नहीं मालूम। नहाने में सिर पर रखा पंखा गिर जाएगा तो दिखने लगेंगे,'' भैरा ने कहा।

''तब क्या डूब जाएँगे ?''

''तैरना आता हो तो गायब होने पर भी तैर सकते हैं।''

''गायब होने पर क्या मुझको साँप काट सकता है ?'' बोलू ने पूछा।

''मालूम नहीं। गायब होने के बाद जानेंगे।''

''गायब होने पर साँप भी नहीं देख सकेगा,'' बोलू ने कहा।

''तुम खंजन चिड़िया को मुझे पहिचनवा दो। मैं तुमको भजिया खिलाऊँगा।''

''पैसे लोगे ?'' बोलू ने कहा।

सिर से टोपी उतारकर भैरा पसीना पोंछने लगा। ''अभी मुझे बहुत बात करनी है। मैं थकूँगा नहीं,'' भैरा ने रुककर फिर कहा, ''भजिया के पैसे नहीं लूँगा।''

''पंख लेने के लिए तुम खंजन को मार डालोगे ?'' बोलू ने पूछा।

''नहीं मारूँगा। एक बिच्छू भी चाहिए।''

''पत्थर के नीचे ढूँढ़ना पड़ेगा। बिच्छू का क्या करोगे ?'' बोलू

ने पूछा।

''डंक निकालूँगा।''

''डंक का क्या करोगे ?''

''नहीं बताऊँगा,'' भैरा ने कहा।

''तो मैं खंजन चिड़िया भी नहीं बताऊँगा,'' बोलू ने कहा।

बजरंग होटल थोड़ी दूर था। ''रुको। यहीं कुछ देर बात करते हैं'' भैरा ने कहा।

परन्तु बजरंग महराज ने जान लिया था कि भैरा की गन्ध आ गई हो।

''कहाँ गायब हो गया था ?'' ज़ोर की आवाज़ आई। इसके बाद जंगल से शेर के दहाड़ने की आवाज़ आने लगी। भैरा हड़बड़ा गया। शायद डर भी गया। भैरा ने जाते-जाते बोलू से कहा, ''एक दिन मैं सचमुच गायब हो जाऊँगा।'' शायद यह जवाब बजरंग महराज के लिए भी था।

बजरंग होटल के सामने भट्ठी बनी थी, टीन छप्पर से ढँकी हुई। फिर एक बड़ा बरामदा था। बरामदे में लकड़ी की बेंच और आड़ी-टेढ़ी टेबलें रखी थीं। सभी टेबलें ऐसी थीं कि अपने पाए पर बस टिकी हैं। हिलती-डुलती थीं। एक कप चाय टेबल पर रखते तो टेबल इस तरह धीरे-धीरे हिलती थी जैसे धीरे-धीरे फूँकने से चाय हिलती है। और टेबल के स्थिर होते ही चाय पीने लायक ठण्डी हो जाती थी। टेबल पर यदि भजिया की प्लेट अभी स्थिर रखी है तो एक भजिया उठाने के बाद टेबल के हिलने पर प्लेट कुछ सरक जाती और बिना देखे अन्दाज़ से दुबारा भजिया उठाते तो अन्दाज़ गलत हो जाता। यही हाल बेंच का था। बैठे-बैठे एक पैर के ऊपर दूसरा पैर रखते तो बेंच हिलकर ऐसी हो जाती थी कि सामने की अपनी प्लेट की जगह पड़ोस की प्लेट आ जाती थी। टेबल पर पानी का गिलास नहीं रखा जाता था। गिलास रखते ही लुढ़क जाता था। पानी से भरे गिलास बरामदे पर चढ़ने-उतरने के लिए रखे पत्थर के पास रखे

जाते। ग्राहक बरामदे में चढ़ते समय पानी पीकर गिलास वहीं रख देते। बरामदे से उतरते समय भी यही होता। बजरंग महराज ग्राहकों की हरकतों पर कड़ी नजर रखते।

बरामदे के बाद एक कमरा था। बरामदे का उजाला कमरे के दरवाजे से अन्दर उतना ही जाता था कि इतना ही बचा है। कमरे के अन्दर प्रायः अँधेरा ही रहता जिसमें थोड़ा सा उजाला कभी-कभी मिला दिया जाता हो। शाम को कमरे के अन्दर एक फीका बल्ब जलता था जो यह देखने के लिए जलाया जाता कि अँधेरा कितना है। बरामदे में ट्यूब लाइट जब तक जलती, कमरे का बल्ब नहीं जलाया जाता। कभी ट्यूब लाइट रात भर जलती जो तब चारों तरफ के घनघोर अँधेरे में कई दिनों से भटके हुए लोगों को सहारे की दिख गई उजाले की तरह होती। घनघोर जंगल के बीच यहाँ जो कुछ भी है भटककर आई हुई जैसी है। बिजली भी भटककर आई हुई जैसी। लौट जाने के लिए जब तब आती-जाती हुई।

होटल का पिछवाड़ा दक्षिण की तरफ था। सूर्योदय होने के बाद थोड़े समय के लिए अन्दर के कमरे में भट्ठी के सुलगते फैले धुएँ के बीच प्रकाश की एक किरण लकीर जैसी कुछ देर के लिए ठहरी हुई दिखाई देती। यह लकीर सूर्योदय के एक इशारे की तरह होती। इस लकीर का अन्त नहीं दिखता था। कम से कम बाहर से नहीं दिखता था। यह प्रकाश के अरगनी की तरह था। अँधेरे को झकाझक धोकर टाँगने की अरगनी।

सुबह हो गई पर अगर बदली छाई हो तो कमरे में रात जैसा अँधेरा होता।

कमरे के दरवाजे के पास एक तखत पर बजरंग महराज मोटे तकिए के सहारे उठे पड़े रहते। धोती, बण्डी पहनते। अधलेटे में सिर उतना ही उठा होता जिसमें टोपी पहनी जैसी रह सके और बरामदे में नजर रखी जा सके। तखत में कुछ बिछा नहीं होता था। तकिया में प्रायः गिलाफ नहीं रहता था। तकिये को नाखून से खरोंचा

जाए तो मैल निकलने का निशान दिखाई देता। बजरंग महराज की धोती, टोपी और भारी मोटा तकिया चिक्कट मैले थे।

बजरंग महराज जहाँ लेटते थे वह बाहर से अन्दर का तिलस्म लगता था। कमरा गुफा जैसा लगता था। लगता कि एक गुफा को कमरे की तरह शामिल कर सामने एक बरामदा बना दिया गया हो। कमरे की लम्बाई-चौड़ाई का अनुमान नहीं होता था। अँधेरा जहाँ सबसे अधिक था वहाँ शायद दीवाल हो। पर दीवाल दिखाई नहीं देती थी। शायद एक लम्बा गहरा बोगदा हो।

होटल का पिछवाड़ा एक बौने पहाड़ से सटा हुआ बना था। पीछे की तरफ बड़ी-बड़ी चट्टानें थीं। दूर-दूर तक चट्टानें बिखरी पड़ी थीं। पहले यह पहाड़ बौना न रहा हो। पहाड़ से चट्टानें अलग होकर बिखर गई हों। बची हुई चट्टानों के ढेर में यह बचा पहाड़ था। इस पहाड़ में एक जगह चट्टानों के बीच एक गहरी जगह थी। उसमें चरवाहे पत्थर डालते। पत्थर के नीचे गिरने की आवाज को सुनते। पत्थर के नीचे पहुँचने की आवाज़ कुछ समय बाद या उसी दिन नहीं सुनाई देती थी। कम से कम सात दिन बाद सुनाई देती। कम से कम इतना गहरा था। चारों तरफ के सन्नाटे में ध्यान से कान सटाकर सुनो तो लगता, सिक्कों के ढेर पर पत्थर की आवाज़ थी। पत्थर डालने वाला कम से कम सात दिन बाद पहुँचता था। सात दिन बाद किसी भी समय जब वह कान लगाकर सुनता तो खन्न से आवाज़ आती। सात दिन के पहले पहुँच जाए तो उसे पत्थर के नीचे गिरने की आवाज़ सुनाई नहीं देगी। परन्तु यह भी कि पत्थर डालने के चाहे महीने भर बाद, साल भर बाद या कई सालों बाद बूढ़ा होकर पत्थर डालने वाला पहुँचता और फिर सुनता तब पत्थर गिरने की आवाज़ आती। पत्थर तब तक गिरता हुआ रहता और गिरना बंद होने का इंतजार करता। जितने दिन बाद पत्थर फेंकने वाला आता उसे उतने ही दिन की गहराई में सिक्के पर पत्थर गिरने की आवाज़ आती। सात दिन की गहराई सबसे समीप की गहराई थी। पहाड़ ऊँचा नहीं था पर बहुत

गहरा था। गहराई में अन्दर कूदने के लिए एक आदमी जितनी जगह थी। परन्तु कोई कभी नहीं कूदा। गहराई के मुख से किसी को बाहर आते हुए नहीं देखा गया। वहाँ बैठ जाओ तो एक चींटी भी ऊपर आते नहीं दिखती। हो सकता है वहाँ से कोई ऊपर न आ पाता हो।

होटल के ठीक बाद कौन सा घर बसा होगा यह किसी को नहीं मालूम। उस घर के लोगों को भी नहीं। कौन कब आया यह सभी शायद भूल चुके हों। इस तरह टाल देते। और बजरंग होटल के ठीक बाद कौन-सा घर बसा यह कोई नहीं जान पाया।

हरी घास की छप्पर वाली झोपड़ी की छप्पर बरसों से हरी-भरी थी। कभी सूखती नहीं थी। भरी गरमी में भी नहीं। घास बहुत ऊँची हो गई थी। जब ज़ोर की हवा चलती तो छप्पर की घास झुकती और आसपास की झोपड़ी को ढाँप लेती। गरमी में जब सूर्य उत्तरायण होता तो सूर्य छप्पर की हरी घास से ही निकलता। अभी हरी घास के बीच छोटे-छोटे पीले फूलों के जंगली पौधे निकल आए थे।

बस्ती के लोग और अधिकतर स्कूल के बच्चे आपस में बात करते कि जब कोई नहीं था तो होटल किसके लिए खुली होगी। होटल में खुलने के दिन से अब तक केवल चाय, भजिया ही बनती। भट्ठी में पत्थर का कोयला जलाया जाता जिसका धुआँ दूर-से दिखाई देता। पास ही कोयले की खदान थी। सभी घरों में चूल्हा पत्थर के कोयले से जलता। लोग घरों के लिए कोयला खोदकर ले जाते। एक दिन भैरा ने बताया कि उसके पिता बताते थे कि उनका पहला ग्राहक एक गिलहरी थी।

''गिलहरी !'' सबको आश्चर्य हुआ।

''भजिया खाने आई थी ?'' चलकर बोलू ने भैरा से पूछा।

''नहीं, चाय पीने,'' कहकर भैरा बोलू के और पास गया। साथ में दो लड़के बीनू और प्रेमू, एक लड़की कूना भी थी। कूना सबसे छोटी थी।। लड़के बोलू के साथ के थे।

''फिर दूसरा ग्राहक कौन था ?'' बीनू ने पूछा जो बोलू से कुछ

दूर खड़ा था। बोलू की तरह चलकर बोलते हुए वह बोलू के पास जाकर खड़ा हो गया।

''दूसरा ग्राहक हाथी था।'' भैरा ने कहा।

''हाथी !'' कूना ज़ोर से चीखी।

''हाथी की प्याली तो बहुत बड़ी होगी।'' बोलू चलकर कूना के पास जाकर खड़ा हो गया। बोलू को पास आया देखकर कूना ने बोलू का हाथ पकड़ा और कहा, ''बोलू, तू बोलना मत। नहीं तो मेरे पास से चला जाएगा।''

''नहीं बोलूँगा,'' बोलकर भी बोलू प्रेम के पास चला गया। तब कूना बोलू के पास जाकर फिर से खड़ी हो गई।

''हाथी की प्याली बालटी के बराबर होगी ?'' प्रेमू ने पूछा।

''वही छोटी प्याली। प्याली भरकर भी नहीं। पिताजी कहते हैं, प्याली भरा मत करो। तश्तरी में चाय गिरनी नहीं चाहिए।'' भैरा ने कहा।

''शेर नहीं आता चाय पीने ?'' कूना ने बोलू का हाथ पकड़े-पकड़े पूछा।

''शेर नहीं आता। शेर से हाथी भी डरता है। शेर क्यों आएगा ? मेरे पिता केटली में तीन-चार कप चाय लेकर शेर को देने जाते हैं। शेर अपनी गुफा में चाय पीता है। जब पिता लौटकर आते तो बहुत खुश रहते। जाते समय उतने खुश नहीं रहते।'' भैरा बोलू की तरह बोलते हुए चल रहा था। भैरा को सुनते हुए सब उसके साथ चल रहे थे। कूना भी बोलू का हाथ छोड़कर चल पड़ी थी। बोलू चुपचाप खड़ा रह गया था।

''शेर से जान बच गई इसलिए खुश होते होंगे !'' बोलू ने भैरा के पास जाते हुए कहा।

कूना ने प्रेमू को हटाकर बोलू के पास खड़े होने के लिए जगह बनाई और कहा, ''सच बात है।''

''तुम चाय पीते हो ?'' बीनू ने भैरा से पूछा।

''पिता जी मना करते हैं।''

''दूध के लिए होटल में कितनी गाय हैं ?'' प्रेमू ने पूछा।

''हमारे बाप-दादों ने भी गाय नहीं पाली।''

''चाय के लिए दूध कहाँ से लाते हो ?'' बोलू ने तब पूछा।

बोलू की कमीज पीछे से पकड़े बोलू के साथ कूना भी चल रही थी। बोलू रुका तो कूना भी रुक गई।

''जंगली भैंसी को दुहकर दूध लाते हैं,'' भैरा ने कुछ ज़ोर से सबसे कहा।

''क्या कहा ?'' बोलू ने दुबारा सुनने के लिए कहा। कहते ही बोलू झटके से बढ़ा तो कूना गिर पड़ी। पर कूना रोई नहीं।

''क्या जंगली भैंसी ने दूध दुहने दिया ?'' यह प्रश्न सबके मन में उठा था। किसी ने पूछा नहीं था। परन्तु भैरा ने उत्तर दिया कि शेर के लिए चाय बननी है तो डरकर जंगली भैंसी तैयार हो गई होगी।

हरी घास की छप्पर वाली झोपड़ी से कुछ दूर वैसी ही घनी हरी घास उग आई। लगता कि छप्पर उग रही है।

मिट्टी से उगती हरी घास की छप्पर
फिर मिट्टी से मिट्टी की दीवारें ऊपर
मिट्टी से उगी दीवार में
बनाएँ दिशाओं के दरवाजे-खिड़की
सोच समझकर।

हरी घास की छप्पर वाली झोपड़ी को किसी ने बनते हुए तो नहीं देखा था। उगते हुए भी नहीं देखा था। जिसने भी सबसे पहले देखा उसने आकाश और बौने पहाड़ के साथ यह बनी बनायी झोपड़ी देखी।

सब बना-बनाया सबने देखा
बनते कहाँ दिखा आकाश
बना-बनाया पहाड़, जंगल
तरह-तरह की चिड़िया
नदियाँ, समुद्र, जीव और जन्तु
बनते कहाँ दिखा सूरज
पत्थर, पेड़, बरसात
ऋतु बसंत और
रंग-बिरंगे फूल
दिन संध्या और रात।

सबसे अच्छी यही बात है
कि सब बना-बनाया आगे भी
अच्छा बना रहे।

हरी घास की छप्पर वाली झोपड़ी में एक अत्यंत बूढ़े और बूढ़ी रहते थे। जब झोपड़ी के पास आओ तो घास के बीच झाँकते हुए फूल दिखाई देते।

अँधेरा होते ही चन्द्रमा झोपड़ी की हरी घास के छप्पर से दुबका हुआ निकलता। कोई पूछे कि चन्द्रमा कहाँ रहता है तो उसका पता हरी घास की छप्पर होता। यह पता सभी बच्चों को मालूम था। घास के परदे की आड़ में चन्द्रमा छुपा हुआ दिखता था। यह शीतल फुरफुरी का दृश्य होता। देखने से लगता कि हवा में कँपकँपी है। घास भी काँपती। जिस तरह काँपती, देखने वाले उसी तरह सिहरते। रात में भी घास चन्द्रमा के उजाले में हरी दिखती। सुबह घास की नोंकों पर ओस की बूँदें रंगीन चमकतीं। प्रायः बच्चों के मन में आता कि छप्पर से चन्द्रमा को छुआ जा सकता है और वहाँ से इन्द्रधनुष को लाया जा सकता है।। सुबह सूर्य का प्रकाश घास के हरे में भिदा हुआ दिखाई देता।। लगता कि झोपड़ी में बूढ़े और बूढ़ी युगों से दिन-रात रह रहे हैं। और सूर्योदय तथा सूर्यास्त का उत्सव उन्हीं की झोपड़ी में होता होगा जो कई सुबहों और साँझों को अच्छे से जी चुके होते हैं।

बस्ती की प्रत्येक झोपड़ी में सूर्य और चन्द्रमा का निकलना अलग-अलग तरह से सुन्दर था। यद्यपि दिन का हीरा होकर सूर्य बस्ती में दिन भर चमकता और रात का पुखराज होकर चन्द्रमा। बस्ती के सभी छप्परों पर तारे बिखरे पड़े हुए चमकते। बस्ती का दृश्य हर दिन सुन्दर दृश्यों की प्रतिद्वन्द्विता में पिछले से ज़्यादा सुन्दर होता।

कक्षा में, बच्चों का मन होता तो आलों में भी बैठ जाते थे। जब सभी बच्चे कक्षा में उपस्थित होते तो बहुत-से आलों में बैठे दिखते।

कुछ आले इतने बड़े थे कि भैरा जितना बड़ा लड़का उसमें बैठ जाता। आलों में वे या तो नीचे पैर लटकाकर बैठते और किताब, स्लेट घुटनों पर रख लेते या पालथी मोड़कर बैठ जाते और गोद में किताब रखते। सभी बच्चे नहा-धो, तेल-कंघी कर साफ-सुथरे स्कूल आते। जब आले में बैठे होते तो सजावटी लगते। जैसे घर से गुड्डे को सजाकर स्कूल के आले में लाकर रख दिया गया है। पहले कूना अपनी कक्षा के आले पर चढ़ नहीं पाती थी। कक्षा के बच्चे आले चढ़ने में उसकी मदद करते। उसकी कोशिश होती कि वह सबसे ऊँचे आले में जाकर बैठे। दिवाल में जगह-जगह खूँटियाँ भी गड़ी थीं। खूँटी पकड़कर आले पर पैर रखते हुए सबसे ऊपर के आले तक पहुँचा जा सकता था। बच्चे बिना डरे आले के अन्दर घुसे पढ़ते। वे नहीं गिरते पर हाथ से किताब छूटकर गिर जाती। कलम, पेंसिल गिर जाती। स्लेट भी गिर सकती थी। ऐसे में लड़के अपने को बचाकर बैठते। परन्तु चीजें वहीं गिरतीं जहाँ बच्चे नहीं होते। ऊपर बैठे बच्चे भी सावधान होते कि चीजें न गिरें या बार-बार नीचे गिरने वाली चीजों की गुरुत्वाकर्षण शक्ति के साथ मित्रता भी हो जाती हो। जैसे बार-बार साथ होने से दो बच्चों में हो जाती है। इसलिए चीजें किसी के ऊपर नहीं अलग हटकर गिरतीं। सावधानी से गिरतीं बल्कि नीचे धीरे-से धरा जातीं। गिरने की आवाज़ भी नहीं होती। इसके बाद भी स्लेट-पट्टी की कलम तीन-चार टुकड़ों में टूट जाती। कलम के नीचे गिर जाने के बाद भी इस जरूरत की पूर्ति हो जाती थी। और भी कलम के टुकड़े उनकी जेब या बस्ते में होते। यह भी हो सकता था कि कलम के टुकड़े इल्ली की तरह दीवाल पर चढ़ जाते होंगे। धीरे-धीरे आले तक पहुँच जाते। फिर बस्ते के अन्दर। कॉपी, किताब, स्लेट-पट्टी, कलम आदि का घोंसला या घर उनका बस्ता होता। दिन भर बाहर की नीचे गिरी पेंसिलें, कलम, रबर रात भर में आलों में आ जातीं। हो सकता है कि कबूतर चोंच में दबाकर इन्हें आलों में रखते हों। इधर-उधर कबूतर के घोंसलों में भी ये सब चीजें

होती थीं। कबूतर अपने बच्चों के लिए जमा रखते हों कि कभी काम पड़ जाए।

आले में बैठने की शुरुआत बोलू ने की थी। जब गुरुजी नहीं होते तब। गुरुजी होते तब भी। बोलू सबसे ऊपर रोशनदान के पास के आले में बैठने लगा था। ऊपर बैठे होने से गुरुजी का ध्यान बोलू की तरफ कम जाता था। उनका मन बोलू से प्रश्न पूछने का होता तो बोलू को आले में देखकर रुक जाते कि बोलू खूँटी पकड़-पकड़ आले पर पैर रखते हुए नीचे उतरेगा और उसका उतरना हल्ला मचाते हुए सब लड़के देखेंगे। आले पर बैठे लड़के सरककर जगह बनाते कि बोलू उतरे। ऐसी स्थिति होती तो हल्ला सुनकर पड़ोस की कक्षा के गुरुजी आते तो उनके पीछे कक्षा के सब बच्चे भी आ जाते। कूना सबसे अधिक ताली बजा-बजाकर खुश होती। वह बोलू पर अपनी मित्रता जताते हुए चिल्लाती, ''बोलू, उस आले से मत उतरना। इससे उतर।'' गुरुजी के सामने से उतरता हुआ बोलू कभी गुरुजी को दिखाई नहीं देता और बोलू गुरुजी के पीछे से उतर जाता।

गुरुजी बोलू से पूछते, ''बोलू, मैंने तुमसे कितने दिनों से प्रश्न नहीं पूछा ?''

''दो दिन से गुरुजी,'' चार कदम गुरुजी के पास आकर बोलू ने कहा। फिर कहता, ''गलती हुई गुरुजी। आपने अभी यह प्रश्न पूछा।'' आसपास लड़के खड़े होते। बोलते हुए बोलू जब चलता तो लड़के हटकर उसके लिए जगह बना देते।

''अभी कहाँ पूछा ?'' गुरुजी ने फिर पूछा।

'' 'बोलू, मैंने तुम से प्रश्न कितने दिनों से नहीं पूछा यह प्रश्न था न गुरुजी।' '' विनम्र, संकोच से बोलू ने कहा।

''कल किताब से प्रश्न पूछेंगे। तुम्हें नीचे बैठना होगा।'' कुछ देर रुककर गुरुजी ने कहा।

''जी, गुरुजी।'' बोलू ने कहा, दो कदम पीछे हटते हुए।

बोलू जिस आले में बैठता था उससे सटा हुआ रोशनदान था।

रोशनदान इतना बड़ा था कि बोलू उसके अन्दर से निकलकर छप्पर पर आ जाता। रोशनदान से बोलू को हवा आती, उसके बाल उड़ते। हवा में मोंगरे के फूल की गंध होती। वह जान जाता कि यह हवा बीनू के घर की तरफ से आ रही है। कभी बौने पहाड़ की जंगली तुलसी की गंध आती। कभी घने जंगल की घनी गंध। रोशनदान से अबाबील के अचानक आने-जाने से बोलू चौंकता नहीं था। अबाबील की उड़ान हवा का ऐसा झोंका होता जिसको देखो तो लगता, हवा का झोंका दिखा।

लड़के बस्तों को दीवाल में लगे खूँटों में भी टाँग देते। पढ़ाई के हल्ले के साथ चिड़ियों का चहचहाना पढ़ाई का ही हल्ला होता। हर जगह गौरैया होती। करीब-करीब सभी खूँटों पर और किसी बस्ते के ऊपर भी। छुट्टी के बाद यदि बस्ता स्कूल में छूट जाता, त्यौहार के कारण दो दिन की और भी छुट्टी हो जाती तो गौरैया बस्ते के ऊपर तिनके रखकर घोंसला बनाना शुरू कर देती।

बोलू ज्यों-ज्यों बड़ा हो रहा था, बोलते और चलते समय अपने को अधिक उतराने जैसा हलका पाता। पाठ का गीत गुनगुनाते हुए उसे लगता कि मोगरे की गन्ध की हवा के सहारे चल रहा है। कभी जंगल की घनी गन्ध की उंगली पकड़कर चल रहा है। कभी माँ का उड़ता आँचल पकड़कर। कभी उड़ती हुई पतरंगी के साथ। स्कूल में प्रार्थना के समय वह मनुष्य-हित के लिए असीम ज्ञान की मन ही मन प्रार्थना में तल्लीन हो जाता था। उसे लगता कि वह समझदार हो रहा है। और बड़ा भी। वह धरती पर नहीं हवा में खड़ा है कि अभी बाजू में खड़े लड़के के कन्धे तक आ रहा था अब कन्धे से ऊपर हो गया।

राष्ट्रगीत के समय सीधे खड़े रहने का अनुशासन सभी बच्चों में था। जहाँ स्थिर खड़े होकर बोलना होता वहां बोलू को न बोलने की छूट होती। राष्ट्रगीत को मन ही मन गाता परन्तु उसके होंठ हिलते कि वह गा रहा है। और वह स्थिर खड़ा रहता। मन ही मन वह सबके साथ ज़ोर से गा रहा होता। इस तरह स्थिर खड़े रहते हुए गाने में वह पक्षी की तरह उड़ने को व्याकुल हो जाता।

एक दिन बोलू साँझ के साथ एक मीठी धुन गुनगुनाता हुआ घर से निकल पड़ा। गुनगुनाते हुए वह बौने पहाड़ की ओर जा रहा था और बौने पहाड़ के शिखर तक वह पहुँचा। सूर्य कुछ देर में डूबने को था। तरल-सा सिन्दूरी रंग जैसे सूर्य के पिघलने से नीचे फैल रहा था। बोलू पहाड़ की गहराई के मुहाने तक गया। उसने उसमें झाँका तो लगा कि वह गहराई को बहुत नीचे तक धुँधला-सा देख पा रहा

है। सूर्य के नीचे डूबने का प्रकाश तराई से पहाड़ की गहराई में कहीं से जाता हो। तभी उसे शहद की गन्ध आई। शायद मुहाने के पास ही मधुमक्खी ने छत्ता बनाया हो। मधुमक्खी की भिनभिनाहट भी सुनाई दी। शहद से भरकर छत्ता पक गया था। छत्ता पत्थर के गिरने की सीध में नहीं पड़ता था। नहीं तो छत्ता कब का टूट जाता। उसने सोचा कि वह अपने मित्रों को यह बताएगा। मधुमक्खी को वह आते-जाते देखना चाहता था। पराग कण के लिए मधुमक्खी बाहर आती होंगी। कुछ देर वह रुका पर एक भी मधुमक्खी आते-जाते नहीं दिखी। पहाड़ की गहराई में फूलों से भरा एक बगीचा होगा इसलिए मधुमक्खी ऊपर न आती हो ?

बौना पहाड़ बच्चों का पहाड़ था और बूढ़ों का भी क्योंकि इस पर चढ़ना कठिन नहीं था।

बस्ती में जहाँ से जंगल शुरू होता वहाँ छोटा-सा माता का देवालय था। मन्दिर बहुत पुराना नहीं था। मूर्ति बहुत पुरानी थी। मन्दिर से सटा हुआ एक छोटा-सा सुन्दर सरोवर था। सरोवर मूर्ति के काल का लगता था। सरोवर के चारों ओर पानी तक पहुँचने के लिए पत्थर की सीढ़ियाँ थीं। गर्मियों में यहाँ शेर, हिरण, जंगली भैंस, नीलगाय आदि पानी पीने आते। सरोवर में बड़े-बड़े कछुए और मछलियाँ भी थीं। शेर जब पानी पीता तो उसकी नजर मोटी-मोटी मछलियों पर भी होती होगी कि झपट्टा मारकर मुँह में दबोच ले। भूखा शेर थककर जब जमीन पर लोटता होगा तब आकाश की ओर अपने चारों पैर उठाए उसकी दृष्टि आकाश पर उड़ते पक्षी पर ऐसे पड़ती होगी कि उड़कर पक्षी को दबोच ले। पंख वाले सिंह की कल्पना में शायद यह भी एक कारण हो। माता के देवालय के पास एक अखाड़ा था। वहाँ कुश्ती लड़ने का खेल होता। एक भारी गोल पत्थर भी था। उसको उठा लेने का भी खेल होता। भैरा इस पत्थर को उठा लेता था। भैरा पत्थर तो उठा लेता पर बाद में खुद उठ नहीं पाता था। उसको पकड़कर उठाना पड़ता। पत्थर उठाने का अभ्यास उसे

बिच्छू ढूँढ़ने के कारण पड़ा। रास्ते चलते जब तब वह पत्थर उठा लेता कि इसके नीचे बिच्छू होगा। पर उसे बिच्छू कभी मिलता नहीं। और निराश होकर वह पत्थर को दूर फेंक देता।

बौने पहाड़ पर एक दिन बोलू ने एक गोल पत्थर को उठाया और चट्टान पर पटका तो पत्थर के दो टुकड़े हो गए थे। जैसे नारियल के बराबर-बराबर दो टुकड़े हो जाते हैं। बोलू ने देखा था कि पत्थर के दोनों टुकड़ों में नीले रंग के स्फटिक चमक रहे थे। ऐसे ही दो-एक पत्थरों को उसने एक चट्टान के नीचे औंधा कर रख दिया जिससे स्फटिक छुप जाएँ। किसी को न दिखें। यह बात मित्रों को बताना वह भूल गया था।

मंगलवार का दिन था। कक्षा में आते ही गुरुजी ने कहा, ''आज की पढ़ाई है कि आज स्कूल में कोई पढ़ाई नहीं होगी। और इस पढ़ाई का विषय है–छुट्टी का दिन। तुम लोगों को अच्छे से छुट्टी का दिन बिताना चाहिए। छुट्टी का दिन तुम लोगों ने कैसे बिताया, यह मुझे बताना। छुट्टी के दिन की पढ़ाई सुबह उठने से रात तक चलेगी जब तक तुम सो नहीं जाते। छुट्टी का दिन अकेले मनाना चाहते हो तो अकेले मनाना, या जिनके साथ मनाना हो तो उनके साथ मनाना। एक साथ जैसे कक्षा में पढ़ाई का दिन होता है वैसे ही एक साथ भी बिता सकते हो। अपने घर में या किसी के घर में या घर से बाहर इस उपयोगी दिन का उपयोग करोगे, परन्तु लौटकर घर सही समय पर पहुँच जाना।''

''गुरुजी, आप भी हमारे साथ रहेंगे ?'' एक साथ बहुत से बच्चों ने पूछा।

''मैं किसी के साथ नहीं रहूँगा। मैं स्कूल में रहकर सभी गुरुजी के साथ मिलकर परीक्षा की तैयारी करूँगा। छुट्टी के दिन की भी परीक्षा होगी।''

''मैं सरोवर जाकर मछलियों को गिनूँगा।'' बीनू ने कहा, पर पानी में तैरती मछलियों को गिनना कठिन काम था।

''माता देवालय में हम लोग छुआछुआइल खेलेंगे।'' तीन-चार बच्चों ने कहा। इनमें कूना और बोलू भी शामिल थे। बोलू और कूना दो आलों में बैठे थे। तब कूना चिल्लाई थी, और बोलू हाथ उठाकर बिना बोले शामिल था।

''बोलू, तुमने कुछ कहा ?'' गुरुजी ने पूछा।

''मैं छुआछुआइल खेलूँगा।'' बोलू भूल गया था कि वह आले में है। और यह कहकर आले से उतर हवा में चार कदम चल चुका है। बोलते ही वह दाहिने हाथ से खूँटी पकड़े लटक गया था और उसने हवा में चार कदम चलाए थे। इस पर किसी का ध्यान नहीं गया था, गुरुजी का भी नहीं। कूना को याद था।

जब बोलू के गिरने का डर होता, वह पहले से बोलू को सावधान कर देती थी। आज कूना, बोलू की कक्षा में आ गई थी। वह कलम लाना भूल गई थी। होता यह था कि कूना की कलम पता नहीं कैसे बोलू के बस्ते में चली जाती और बोलू की कूना के बस्ते में। कूना और बोलू यह जानबूझकर नहीं करते थे। हो सकता है, यह अदल-बदल कलम, पेंसिलें जानबूझकर करती हों। सभी कलम एक जैसी होतीं। कलमें एक-दूसरे को पहचानती हों ! और बोलू, कूना अपनी-अपनी कलमें उतना न पहचानते हों। कूना बोलू से कलम लेना चाहती थी।

छुआछुआइल का खेल लड़के खेल रहे थे। कूना भी थी। बोलू चुपचाप अखाड़े की रेत पर खड़ा था और कहीं खो गया सा था। भैरा तेज़ भाग नहीं पाता था। दाम कूना को देना था। वह जानती थी कि वह भैरा को छू लेगी। वह भैरा को छूने को थी कि भैरा कूना से बचकर भागते हुए बोलू की तरफ भागा। रेत पर भागते हुए लड़खड़ा गया और भारी-भरकम भैरा बोलू से जाकर जोर से टकरा गया। टकराकर भैरा छिटककर रेत पर गिरा। बोलू तब भी खोया हुआ। टस से मस भी नहीं हुआ। वह चुपचाप उसी तरह खड़ा था। भैरा को रेत पर गिरने से उतनी चोट नहीं आई जितनी चोट बोलू से टकरा जाने से आई

थी। कूना और दूसरे लड़कों ने गिरे-पड़े भैरा को उठाया। भैरा रो रहा था पर बोलू मौलश्री के घने पेड़ पर बैठे किसी पक्षी की मीठी बोली सुन रहा था। पक्षी दिखाई नहीं दे रहा था।

भैरा रोते-रोते बोल रहा था कि बोलू ने जानबूझकर उसे गिराया है। कूना और सब लड़कों ने भैरा से कहा कि वह झूठ बोल रहा है। भैरा बोलू से टकराकर गिरा है। गलती भैरा की है।

''चोट मुझको लगी है। बोलू को तो नहीं लगी।'' भैरा ने फिर रोते हुए कहा।

''चुपकर रोना। रोएगा तो मारूँगी। चल, दाम दे।'' कूना ने हाथ उठाकर कहा।

''फिर से खेल होगा।'' भैरा ने कहा। वह चुप हो गया था। भैरा रोनटाई खेल रहा था। वह दाम नहीं देना चाहता था। भदभद दौड़कर वह किसी को छू नहीं सकता था। और कूना जानती थी कि वह भैरा को हर बार दौड़कर पकड़ सकती है।

''चलो।'' कूना ने कहा। वह फिर से दाम देने को तैयार थी।

भैरा को छोड़ सब बोलू के पास गए। मौलश्री से पक्षी उड़ गया था।

''तुमको चोट तो नहीं लगी ?'' कूना ने बोलू से पूछा।

''नहीं। भैरा कैसे गिर गया था ?'' बोलू भैरा के पास गया।

''तुमको मेरे टकराने से कुछ नहीं हुआ ?'' कराहते हुए भैरा ने पूछा।

''नहीं।'' बोलू ने कहा।

''बोलू, तू कुश्ती लड़ेगा ?'' बोलू का हाथ पकड़कर भैरा ने कहा।

''नहीं। कुश्ती लड़ना मुझको नहीं आता।'' भैरा से दूर जाकर बोलू ने कहा।

''डर गया ?'' भैरा ने कहा।

''नहीं।'' बोलू फिर एक कदम पीछे हटा।

''मैं भी तुमको गिराऊँगा।'' भैरा ने कहा।

अब बोलू का ध्यान एक रंग-बिरंगे कीड़े पर था। उसकी पीठ पर सुनहरी और बैंगनी धारियाँ बनी थीं। बोलू फिर से कहीं खो गया। बोलू चुपचाप था। तभी चिढ़े हुए भैरा ने झपटकर दोनों हाथों से कसकर बोलू को पकड़ा और पैर से अड़ंगा लगाकर गिराने लगा। बोलू के पैर अंगद की तरह रेत पर गड़े थे। भैरा उसे हिला भी नहीं सका। बोलू का ध्यान तब भी कीड़े पर था। पर कीड़ा शायद भैरा के कारण चौंक गया था। वह तेजी से एक पत्थर की तरफ भागने लगा था। कूना रोने लगी। वह डर गई थी। दूसरे लड़के भी डर गए थे। यह सब की आशा के विपरीत हुआ था। कीड़े की भी आशा के विपरीत।

भैरा बोलू को छोड़कर अलग हो गया और दूर जाकर खड़ा हो गया। भैरा ने सोचा, अब वह दौड़ता हुआ बोलू को जोर से धक्का देगा। उसे विश्वास नहीं था कि वह बोलू से टकराकर गिर पड़ा। कूना बोलू के पास जाकर खड़ी हो गई थी। भैरा बोलू से कुछ दूर और चला गया। पलटकर जंगली भैंस के पड़वे की तरह बोलू की ओर फदर-फदर दौड़ा। वह पसीने से भीगा हुआ था। उसके माथे और गले में रेत चिपकी थी। कूना को समझ में नहीं आया कि भैरा दौड़ा क्यों आ रहा है।

''कूना, हट जा।'' दौड़ते हुए भैरा चिल्लाया।

कूना नहीं हटी।

''कूना दूर हो जा।'' भैरा से टकराने के पहले बोलू ने कहा और चलकर कूना के सामने आकर चुपचाप खड़ा हो गया।

दौड़ते-दौड़ते भैरा बोलू से टकराया और उसे जोर से धक्का दिया। पर भैरा के टकराने से पहले बोलू को सुनहरी और बैंगनी पट्टी वाला कीड़ा दिख गया था। बोलू ने देखा कि कीड़े की सुनहरी पट्टी चमक रही थी, और उसी समय बोलू कहीं खो गया था।

टकराने से भैरा बोलू से छिटककर रेत से बाहर जा गिरा था।

वह जोर से रो रहा था। उसे चोट लगी थी। पर भैरा के टकराने के बाद भी बोलू जस का तस खड़ा रहा। कीड़ा दिख नहीं रहा था।

तब बोलू ने भैरा के पास जाकर पूछा, ''क्यों रो रहे हो भैरा, तुमको क्या हुआ ?''

''जैसे तुमको मालूम नहीं।'' रोते-रोते भैरा ने कहा।

''सच में मुझे कुछ नहीं मालूम।'' भैरा को चुप कराते हुए बोलू ने कहा।

भैरा की गलती को सबने भुला दिया था। सब भैरा को चुप करा रहे थे। पर भैरा को अपनी गलती मालूम हो गई थी। रोना बन्द कर वह हँसने लगा, ''तुमको चोट तो नहीं लगी ?'' चोट से कराहते हुए भैरा ने बोलू से पूछा।

''नहीं,'' बोलू ने कहा।

''चलो, घर चलें। मुझको उठाओ।'' भैरा ने कहा।

सबने जोर लगाकर भैरा को उठने में सहायता की।

''छुट्टी का दिन तो अभी बहुत बाकी है।'' कूना ने भैरा के कपड़ों में लगी रेत को झरियाते हुए कहा।

भैरा की आँखों में अभी भी आँसू थे। सब बस्ती की तरफ चल पड़े।

कुछ दूर चले ही थे कि किसी को बोलू की आवाज़ सुनाई नहीं दी। बिना बोले या गुनगुनाते हुए बोलू साथ नहीं हो सकता था।

''अरे बोलू कहाँ है ?'' भैरा ने मुड़कर कहा।

सब मुड़े। बोलू अखाड़े की रेत पर खड़ा था।

''चलो बोलू।'' सबने पुकारा।

बोलू ने सुना नहीं। तभी अखाड़े में शायद व्यायाम के लिए आया एक युवक कूना के पास से निकला।

''भैया, बोलू चुपचाप है। चल नहीं पा रहा है। कुछ बोलता नहीं। इसी तरह चुपचाप खड़ा रहेगा तो घर नहीं जा पाएगा।''

युवक बस्ती में नया था। बोलू को नहीं जानता था। एक-दो

दिन पहले भटककर बस्ती आया था। ''बालक को घर पहुँचाना है। मैं पहुँचा दूँगा। साथ चलकर घर बता देना। कल रात को ही यहाँ आया हूँ।'' युवक ने कहा। भटककर आया, यह भी वह कहना चाहता था। पर यह कहना उसे अनावश्यक लगा।

सब खुश हो गए थे। बोलू पत्थर की तरह खड़ा था। वह नहीं हिल रहा था। उसके बड़े-बड़े बाल हवा में हिल रहे थे। युवक बलिष्ठ और शिष्ट था। उसका पैर व्यायाम के लिए रखे पत्थर से टकराया। उसने दोनों हाथों से पत्थर को सिर से ऊपर उठाकर किनारे फेंक दिया, जैसे फुटबॉल को उठाकर फेंकते हैं। सब देख रहे थे कि जिस तरह उसने पत्थर को फुटबॉल की तरह फेंका था तो पत्थर भी जैसे धप्प, धप्प फुटबॉल की तरह उछलता हुआ दूर जा गिरा था।

''क्या गुस्सा हो ? भूख लगी है ? घर चलो।'' कहकर उसने बोलू को उठाया।

युवक ने बोलू को उसी तरह उठाने की कोशिश की जैसे सम्हालकर किसी बच्चे को उठाते हैं। और वह चकित हुआ कि बोलू हिला नहीं। उसने थोड़ी ताकत लगाई फिर भी बोलू हिला नहीं। सभी लड़के दोनों को घेरे हुए थे। कूना भी थी। अब उसने साँस खींचकर और बल लगाया। फिर पूरा बल लगाया। बोलू के पैर थोड़ा भी नहीं हिले। बोलू रेत पर खड़ा था। युवक को भ्रम हुआ होगा कि बोलू के पैर रेत में धँस गए हैं।

वह बोलू के पैर के आसपास की रेत दोनों हाथों से हटाने लगा। यह सब वह शान्त मन से नहीं कर रहा था। बोलू टुकुर-टुकुर उसके रेत हटाने को सिर झुकाए देख रहा था। फिर भी वह कहीं खोया हुआ था। वह गायब होकर वहाँ नहीं लेकिन सबको दिखाई दे रहा जैसा गायब था। युवक हाँफने लगा था। बोलू को छोड़ वह सिर झुकाए अलग हो गया। किसी की ओर उसने देखा भी नहीं। केवल बोलू की ओर देखा और आँखें झुका लीं। बोलू उसे तब केवल देख रहा था।

फिर युवक ने सब बच्चों को देखा। भैरा युवक को इस खुशी से देख रहा था कि बोलू में युवक से अधिक ताकत है। तभी कूना बस्ती की ओर भागी। उसके पीछे भैरा और सभी भागे। युवक भी भागा। युवक सबसे आगे हो गया। पता नहीं भैरा में भागने की इतनी ताकत कैसे आ गई ! वह अपनी टोपी हाथ में लेकर भाग रहा था। जब वह पहली बार बोलू से टकराया था तो टोपी गिर गई थी। दूसरी बार हाथ में टोपी लिये टकराया था।

जब सब भाग रहे थे तब बोलू कहीं खोया हुआ नहीं था। बोलू ने उनको भागते देखा। तब ''भाग चलो, भई भाग चलो...'' तेज भागने की ताल में गाता हुआ बोलू भी भागने लगा।

''ज़ोर से दौड़ो। खटपट दौड़ो। सरपट भागो।'' बोलू कहता।

बोलू के छोटे-छोटे पैर कभी धरती पर पड़ते, कभी नहीं पड़ते। वह छलाँग नहीं लगा रहा था कि उछलकर दूर जाता। एक कदम धरती के बाद चार कदम वह हवा में दौड़ता। जब वह हवा में होता तब दौड़ो-दौड़ो नहीं कहता था। कहने लगता ''उड़ो, उड़ो भई उड़ो...हवा के संग उड़ो-उड़ो।'' जब वह हवा में गाता तब उसके साथ उतनी देर 'चह ! चह !' बोलती पतरंगी भी उड़ती। बोलू जब धरती पर दौड़ता तब पतरंगी पेड़ पर बैठ जाती। और बोलू के हवा में उड़ने का रास्ता देखती। उसके हवा में आते ही झंकृत स्वर में चहकती बोलू के साथ उड़ती। पतरंगी बोलू के पास उड़ते समय बोलू के लहराते लम्बे बालों से अपने को बचाती। दौड़ते-उड़ते बोलू अपने साथियों के पास पहुँच गया।

''खटपट दौड़ो। सरपट भागो।'' बोलू की यह आवाज़ भैरा ने पहले सुनी जो सबसे पीछे था। उसने मुड़कर देखा और खुशी से चिल्लाया, ''बोलू।''

दौड़ते हुए सब लोगों ने मुड़कर बोलू को देखा और 'बोलू-बोलू' चिल्लाने लगे।

उधर दूर बस्ती से एक भीड़ आते दिखी। कुछ पास आने पर

दिखा कि युवक के साथ बोलू की माँ है। हरी घास के छप्पर की झोपड़ी में रहने वाले बूढ़े और बूढ़ी हैं। बजरंग होटल का भजिया बनाने वाला है। बजरंग महराज ने भैरा की चिन्ता में भेजा होगा। जरूर पूरी बस्ती होगी केवल बजरंग महराज को छोड़। यदि बजरंग महराज होंगे तो उन्हें पहचानता कौन होगा ? बोलू की माँ को चिन्ता होगी, युवक से बात करते आ रही थी। युवक ने बोलू की घटना बताई होगी। ये सब बोलू को सामूहिक ताकत से रेत से गोद में उठाकर बस्ती लाना चाहते थे। बोलू की माँ को याद आ रहा था। बोलू छोटा-सा था। करवट भी नहीं ले पाता था। रोता था तब तो गोद में उठा लेती थी कि गोद में आने को कह रहा है। चुपचाप पड़ा रहता या सोता रहता, तब उठा नहीं पाती थी। धरती पर थका हुआ सो जाता। खटिया पर सुलाने उठाती तो उठा नहीं पाती थी। अधिक प्रयास नहीं करती थी। सोचती–सोने दो, उठाने से नींद न खुल जाए।

बोलू की माँ ने बोलू को देख लिया, बोलू ने भी देख लिया था। माँ बोलने की उसकी लम्बी किलकारी थी। चार कदम वह हवा में दौड़ा था। पतरंगी चिड़िया झनकार की चह-चह बोलते बोलू के साथ उड़ी थी। वह माँ से लिपट गया। माँ बोलने की फिर एक लम्बी किलकारी थी। इस लम्बी किलकारी के बीच में ही माँ ने उसे गोद में उठा लिया। तब वह हलका हो चुका था। गोद में उसे अच्छा लग रहा था।

बोलू ने कहा, ''माँ, भूख लग रही है।'' माँ से वह लड़िया रहा था। ''घर चलो।'' उसने कहा।

बोलू के चुप होने के कुछ पल बीते थे कि बोलू भारी होने लगा। माँ ने बोलू से कहा, ''जंगल की हवा का झूला है बोलू गाओ।''

बोलू गाने लगा :

जंगल की हवा का झूला है।
उसकी हवा के झोंकों में

जंगल के फूलों की थपकी है।

पतरंगी की चहचहाहट सुनकर बोलू चैतन्य हो गया। वह गुनगुनाकर माँ की गोद में हलका हो हवा में थोड़ा ऊपर उठा रहा।

अत्यन्त बूढ़े ने कहा, ''बोलू की माँ। बोलू को मेरी गोद में दे दो।''

बोलू की माँ ने आदर से पितामह की तरह बूढ़े के हाथ की लाठी ली और नीचे रखी। फिर बोलू को उनके जर्जर फैले हाथों में दे दिया। बोलू को हलके से उठाने में चारों तरफ की जंगल की हवा ने बोलू की माँ की सहायता की थी।

बूढ़े को बोलू का भार महसूस नहीं हो रहा था। यदि यह संसार भर के शिशुत्व का भार होगा तब भी। एक पीढ़ी का भार होगा तो भी।

''पितामह, बोलू को सम्हाल लेंगे न ?'' बोलू की माँ ने पूछा।

''हाँ,'' पितामह ने कहा।

मनुष्य सभ्यता के प्रारम्भ के सबसे बूढ़े व्यक्ति द्वारा कही गई यह 'हाँ' कहीं से चलकर आई हुई सुनाई दी।

बस्ती में पहुँचे तो रास्ते में एक बुजुर्ग महिला का घर मिला। बोलू इनको अम्मा कहता था। अम्मा घर के सामने खड़ी थी।

इसी समय पितामह को बोलू भारी लगा, तो उन्होंने उसे उतार दिया।

बोलू की माँ ने उन्हें लाठी पकड़ा दी।

''अम्मा, अम्मा,'' बोलते, हवा में डग भरता हुआ बोलू उनसे लिपट गया।

अम्मा बोलू के घुँघराले बाल सहलाते हुए मातृत्व के सुख से भर गई।

क्षण भर को ज़ोर की हवा चली। और बोलू सबकी दृष्टि से गायब हो गया। यह उसी क्षण भर में हुआ। वह लोगों के पास था और सब उसे ढूँढ़ रहे थे। बोलू कहाँ गया ? क्या वह दिख नहीं रहा है ? बोलू यदि चिल्लाता कि मैं यहाँ हूँ तो हवा में कदमों से और दूर हो

जाता। हो सकता है, ऊपर उड़ती हुई खंजन चिड़िया का पंख टूटकर गिरते हुए उसके उड़ते घुँघराले बालों में फँस गया हो। पर उसके बाल हवा में इतनी ज़ोर से फरफरा रहे थे कि पंख अगर फँसा होता तो गिर जाता। कहीं खंजन चिड़िया उसके ऊपर तो नहीं उड़ रही है, उसने देखा, एक खंजन चिड़िया उसके सिर के पास ऊपर उड़ रही थी। वह सबको दिखाना चाहता था।

उसने सोचा कि वह दिखे। हवा धीमी हुई। कुछ भारी होकर वह खंजन चिड़िया के उड़ान के पथ के नीचे से हट गया। और वह सबको दिखने लगा। हवा में, हवा के तेज झोंके बीच-बीच में आ रहे थे। तभी बोलू को लगा कि बाईं तरफ के मोगरे की सुगन्ध वाला हवा का एक झोंका उसके बाएँ कन्धे से आकर लग गया है। और जंगल के घने की सुगन्ध वाला दाईं तरफ का एक झोंका उसके दाहिने कन्धे से आकर लग गया है। दोनों झोंकों के उसके दो पंख हो गए और वह गोता लगाकर हवा में उड़ते ऊपर जा रहा था।

कूना की दृष्टि ऊपर गई। उसे लगा कि बोलू उड़ रहा है। बोलू 'ज़ूँ' बोलते हुए उड़ने की आवाज निकाल रहा था। उसे बड़ा मजा आ रहा था। वह 'ज़ूँ' भी नहीं बोलता। तो भी झोंकों के पंख से वह अच्छे से उड़ रहा था। इस बार दो खंजन चिड़िया थीं जो उड़ते हुए बोलू के सिर के पास ऊपर आ गईं। तभी बोलू गायब हो गया। बोलू ने 'ज़ूँ-ज़ूँ-ज़ूँ' ज़ोर से बोला। उसके झोंकों के पंख भी ज़ोर से फड़फड़ाए और वह ऊपर उड़ती खंजन चिड़िया से आगे निकल गया। बोलू दिखने लगा था।

बोलू झोंकों के पंख की सहायता से खंजन चिड़िया के साथ दिखने और गायब होने का छुपाछुपाइल खेल रहा था। वह जब-तब खंजन की उड़ान के नीचे से हट जाता तो दिखने लगता। चार खंजन चिड़िया के और आ जाने से उनकी उड़ान के नीचे से बोलू को हटने में कठिनाई होती थी। उसे छुपाछुपाइल खेलते-खेलते देर हो गई। लोग बोलू की बात करते हुए निश्चिन्त थे। बोलू वहाँ नहीं है, इस

बात को भूल गए थे। कूना भूली नहीं थी। बोलू को इधर-उधर देखती और ऊपर आकाश की तरफ भी। उसे एक-दो बार लगा था कि उसने बोलू को आकाश में देखा है। छुपाछुपाइल खेलते बोलू ने ऊपर ही ऊपर बस्ती के कई चक्कर लगाए।

हरी घास की छप्पर पर उतरने का उसका मन हुआ। हवा के झोंकों के पंख को हलके-से फड़फड़ाकर वह हरी घास के छप्पर पर उतरने लगा। लोग अपने घरों को लौटने लगे थे। बूढ़े-बूढ़ी नहीं लौटे थे। धीरे-धीरे लाठी टेकते लौट रहे होंगे। नीचे आसपास जो लोग थे, उनको लगा कि अच्छी हवा चल रही है। मोगरे और जंगल की हरियाली की सुगन्ध सबको आ रही थी। घास बहुत ऊँची थी। नीचे की तरफ सिर झुका घास को हटाता हुआ बोलू उतरने की जगह देख रहा था। फूलों से भरे हुए छोटे-छोटे पौधे जगह-जगह उगे हुए थे। बोलू पौधों को बचाता हुआ उतरना चाहता था। घास की ओस की बूँदों से उसके हाथ गीले हो गए थे। उसे एक छोटी-सी चौरस जगह दिखी। वहाँ घास नहीं उगी थी। घास के बीच धँसता हुआ बोलू भीग गया था। पैंट और कमीज़ गीली हो गई थी। शाम हो रही थी। बोलू को ठण्ड लग रही थी। देर हो गई। उसे अब घर जाना चाहिए। उसे याद आया कि चन्द्रमा निकलने वाला होगा। चन्द्रमा उसके पास से निकलेगा। और वह उसे छू लेगा। हवा के झोंकों के पंखों से उड़कर घर जाएगा तो और ठण्ड लगेगी। पक्षियों को ठण्ड में उड़ने से और ठण्ड नहीं लगती होगी। ऐसा होता तो वे ठण्ड में नहीं उड़ते। पर वह पक्षी नहीं है। धीरे-से वह धरती पर उतर आया। जैसे ही वह धरती पर उतरा, उसने देखा, एक बड़ा-सा चन्द्रमा हरी घास की छप्पर से निकला है। यह शरद पूर्णिमा का चन्द्रमा था। बोलू अभी तक किसी को नहीं दिखा था। बोलू आसपास के दृश्यों के रंग संयोजन में इस तरह से घुलमिल जाता था कि दिखाई नहीं देता था। शरद पूर्णिमा के प्रकाश में सब इतना सुन्दर दिख रहा था कि थोड़ा-थोड़ा चन्द्रमा जैसे सबके अन्दर भी निकला। बोलू के अन्दर भी थोड़ा-सा एक चन्द्रमा निकला था।

बजरंग महराज के बाएँ हाथ में ग्राहक ने एक रुपए और पचास पैसे का सिक्का रखा। बजरंग महराज ने दाहिने हाथ से उस सिक्के को उठाकर गल्ले की पेटी में बने खाँचे में डाल दिया। गल्ले की पेटी में सिक्का गिरने की आवाज़ आती। सिक्के पर सिक्का गिरने की आवाज़ और बौने पहाड़ के गहरे तल पर सिक्कों की ढेरी पर पत्थर गिरने की आवाज़ बहुत मिलती-जुलती थी। सिक्के पर सिक्के गिरने की आवाज़ सिक्के की होती और पत्थर की सिक्के पर गिरने की आवाज़ भी सिक्के की होती। गल्ले की पेटी, तखत से सटे फर्श पर रखी होती। गल्ले की पेटी तखत की ऊँचाई के बराबर थी। परन्तु ग्राहक उत्सुकतावश रुककर गल्ले में सिक्का गिरने की आवाज़ सुनता तो उसे लगता कि बहुत गहराई से आवाज़ आ रही है। अगर ग्राहक इस तरह खड़ा रह जाता तो बजरंग महराज धीरे से बोलते कि वही आदमी सुने 'क्यों खड़ा है ?' तब भी ज़ोर से शेर के दहाड़ने की आवाज़ आती। और वह आदमी घबरा जाता। वहाँ से तेज़ी से दूर चले जाना चाहता।

यदि बजरंग महराज कुछ भी न बोलें और शेर दहाड़े तो भी लोग कहते कि बजरंग महराज बोल रहे हैं। धीरे-धीरे शेर का दहाड़ना बजरंग महराज का बोलना हो गया। दो-तीन दिन शेर की आवाज़ सुनाई नहीं देती तो लोग कहते, बजरंग महराज की आवाज़ सुनाई नहीं दी। लोग यह भी अनुमान लगाते कि बजरंग महराज जो सिक्का गल्ले की पेटी में डालते हैं, असल में पहाड़ की गहराई के खजाने में

डालते हैं। और गल्ले की पेटी का सिक्का गहराई के तल पर सिक्कों के ढेर पर ही गिरता है।

कभी ग्राहक से होता कि सिक्का देते-देते वह बरामदे के फर्श पर गिर जाता। उस सिक्के को ढूँढ़ते तो सिक्का नहीं मिलता। दुबारा देने लगते तो बजरंग महराज कहते, ''रहने दो। मिल गया है।''

ग्राहक पलटकर इतनी तेजी से जाता कि होटल से कुछ दूर निकल जाता तब शेर के दहाड़ने की आवाज उसे सुनाई देती। आवाज से छुपकर भागने की कोशिश करते तो भी आवाज ढूँढ़ लेती और सुनाई देती।

यह सच होगा कि बजरंग महराज को देने के लिए जो सिक्का गिर जाता, उनको मिल जाता था। खन्न से फर्श पर गिरा तो लगता, सीधे गल्ले की पेटी में खन्न से गिरा। कुछ लोग तो बजरंग महराज को पैसे देने से भी बचते थे। अपने साथी से या चाय देने वाले से कहते, ''पैसा तुम दे दो।''

चाय देने वाला मना कर देता, या मुँह पर उँगली रखकर कहता, ''पैसा नीचे गिरा दो।'' ग्राहक फर्श पर खन्न से पैसा गिरा देता। जब पैसा खन्न से नहीं गिरता या कम आवाज होती तो ग्राहक सोचता कि पता नहीं सिक्का बजरंग महराज को मिला कि नहीं। तब सिक्का उठाकर दुबारा ज़ोर से गिराने की उसकी इच्छा होती। परन्तु पहली बार के गिरने में ही बजरंग महराज को सिक्का मिल जाता। सिक्का गिरने के बाद ढूँढ़ने से कभी नहीं मिलता था।

बिना भुगतान किए कोई रहता नहीं था। कभी होटल से निकल आते और भुगतान करना भूल जाते। रास्ते में याद आता तो लौटकर जाते और बरामदे के फर्श पर कहीं सिक्का खन्न से डाल देते। बजरंग महराज की हथेली पर सिक्का रखने से बचते और खुशी से घर लौट आते। यदि पैसा देना देर तक याद नहीं आता, रात को पैसे देने की याद आती या सपने में याद आती और आधी रात को नींद खुलती तो उठकर खूँटी में टँगी कमीज़ उतारकर जेब से पैसे निकालते।

और वहीं घर में पैसा गिरा देते। खन्न की आवाज आती। तब निश्चिंत होकर सो जाते। दूसरे को रात के सन्नाटे में खन्न की आवाज आती तो वह समझ जाता कि चाय-भजिया के पैसे देना कोई भूल गया था। हिसाब चुकता कर रहा है। फर्श पर यदि ऐसा सिक्का गिर जाता जिसका बजरंग महराज से लेना-देना नहीं है, वह पड़ा हुआ भी आसानी से दिख जाता और उसे उठा लिया जाता। यदि उसको नहीं मिलता तो भी इसका यह मतलब नहीं कि वह बजरंग महराज को मिल गया है। दूसरे अन्य को जरूर मिलता तो वह घास की छप्पर वाली झोपड़ी में जाता और बूढ़े-बूढ़ी के पास लौटा देता। और सिक्का कहाँ मिला यह बता देता जैसे आम के पेड़ों की सड़क पर सबसे खट्टे आम के पेड़ के नीचे मिला।

बस्ती में केवल सिक्के चलते थे। तरह-तरह के सिक्के चलते। इधर-उधर से भटककर आए लोग जिस तरह का और जितना सिक्का लाते, वह चलन में आ जाता। सोने और चाँदी के सिक्के जो दो-चार ही होंगे, उन्हें कोई जानकर नहीं लेता था। उसके चिल्हर किसी के पास नहीं थे। इसके बाद भी उसको चलाया जाता तो वह खराब, गिल्लट के सिक्के जैसा चलता।

नुकीले पंख वाला बाज था। उसका निचला भाग सफेद और ऊपरी भाग नीला भूरा था बौने पहाड़ की एक ऊँची चट्टान पर बैठा हमेशा शिकार की ताक में रहता था। दो खंजन चिड़ियाँ जो बोलू के साथ कुछ देर पहले छुपाछुपाइल खेल कर लौट रही थीं, बाज को दिखीं।

जैसे जंगल में शेर दूसरे जानवरों को दिखता है और जानवर जान बचाकर भागते हैं उसी तरह बाज जिस पेड़ पर बैठता है उस पेड़ की सभी चिड़ियाँ जान बचाने उड़ जाती हैं। यह लड़ाकू पक्षी चिड़ियों को मारकर खाता है। बाज की आँख बहुत तेज़ होती है। वह खंजन को ताक रहा था कि उसे छपट्टा मार कर दबोचना है। बाज तीर की तरह निशाने की तरफ उड़ा। पर जिस खंजन को उसने निशाना बनाया था उससे वह चूक गया। वहाँ खंजन चिड़िया दिखी नहीं। या तो खंजन चिड़िया सावधान थी, अथवा यह भी हो सकता है कि साथ की दूसरी खंजन ने उसे गायब कर दिया हो। खंजन में स्वयं गायब होने का गुण नहीं होता होगा। उसके सिर पर तो पंख नहीं होते।

बाज ने गोता लगाया। उसे दूसरी खंजन दिखी। इस खंजन की ओर वह निशाने के तीर जैसा उड़ा। इस बार उसका निशाना फिर चूक गया। हो सकता है, पहले वाली खंजन ने दूसरी खंजन को गायब कर उसकी जान बचाई हो। दो खंजन के साथ ने बाज़ को थका दिया। बाज को यह थकावट उड़ने से नहीं, निराशा से हुई थी।

जंगल का एक छोटा-सा हिस्सा, बबूल का जंगल था। यह हिस्सा बस्ती और जंगल के बीच था। बबूल का जंगल जानबूझकर

बना था कि बस्ती के लोग जंगल के अन्दर न जाएँ। थककर बाज बबूल के एक पेड़ पर बैठ गया। बोलू जब बबूल के पेड़ों के बीच से निकला था तब झोंकों के पंखों का नुकीले काँटों से कुछ नहीं बिगड़ा था। रबर के हवा भरे पंख होते तो पंख में छेद हो जाते। हवा निकलने से बोलू गिर पड़ता। हवा तो बबूल के काँटों भरे जंगल में भी साँय-साँय चलती। और हवा पंक्चर नहीं होती। हवा अदृश्य थी। बोलू के झोंकों के पंख भी अदृश्य थे। जो नहीं दिखता है, अदृश्य हो जाता है। खंजन चिड़िया पर बाज़ आक्रमण कर रहा था। यह बोलू को दिखाई नहीं दिया था। बोलू भी देख लेता तो झोंकों के पंख के सहारे उड़ता और बाज़ को भगा देता। और जिन्होंने इसे नहीं देखा था यह उनके लिए अदृश्य था।

खंजन चिड़िया जब उड़ती तो उसकी उड़ान के पथ के नीचे अनेक लोग आते। जिनके सिर के ऊपर वह क्षण भर रहती होगी और निकल जाती होगी, तब क्षण भर गायब होकर वे दिख जाते होंगे। उनका गायब होना और दिख जाना इतनी जल्दी होता कि पता भी नहीं चलता होगा कि गायब हुए। अधिक समय के लिए अदृश्य होना तभी सम्भव होता होगा जब अधिक समय के लिए खंजन सिर के ऊपर रहे। पंख सिर पर रखना सबसे अच्छा है। जितनी देर रखेंगे गायब रहेंगे। आसपास की सभी खंजन चिड़ियाँ बोलू और बोलू के सभी मित्रों को पहचानने लगी होंगी। खंजन चिड़िया का मन बोलू और बोलू के मित्रों से खेलने का होता होगा।

एक दिन कूना पैदल अपनी माँ के साथ जा रही थी। कूना जल्दी चल रही थी। कूना के कदम छोटे-छोटे थे। साथ चलने के लिए कूना की माँ धीरे चल रही थी। कूना की माँ के कदम बड़े थे। कूना चलने से थक गई थी। कूना की माँ धीरे चलने से।

''कूना, जल्दी चलो,'' माँ ने कहा।

''माँ, मैं जल्दी-जल्दी चल रही हूँ।'' कूना ने कहा। कुछ देर बाद, ''माँ, मैं तुम्हारे साथ नहीं चल सकती।'' रुकते हुए कूना ने कहा।

''मैं धीरे चल रही हूँ।'' कूना की माँ ने चलते हुए कहा। कूना की माँ चलती रही, कूना वहीं खड़ी रही। उसकी माँ कुछ आगे निकल गई।

कूना ने तब दौड़ लगाई और दौड़ते-दौड़ते माँ से आगे निकल गई। आगे जाकर वह अमलतास के पेड़ के नीचे खड़ी हो गई। माँ के पास आने का रास्ता देखने लगी कि तब फिर दौड़ेगी। अमलतास का पीले फूलों का एक गुच्छा उसके कान के पास लटक रहा था।

कूना की माँ कूना को आगे देख और जल्दी चलने लगी। वह कूना को देख रही थी। और कूना की ओर जा रही थी कि अचानक कूना उसे दिखाई नहीं दी। शायद दिखाई न देने के पहले कूना की आवाज़ आई थी, ''माँ, मुझे अमलतास के फूलों की बहुत महक आ रही है।''

कूना की माँ को लगा कि कूना के इस कहे को उसने पूरा सुना था, इसके बाद कूना नहीं दिखी। फिर उसे लगा कि दिखाई देते तक सुना और बचे आधे को दिखाई न देने के बाद सुना। हो सकता है कि उसने दिखाई न देने के बाद कूना का पूरा कहा सुना हो। कहाँ गई ? इधर-उधर देखा। 'धक' से जी हुआ। कूना के कान के पास अमलतास के फूल जिस डाल का था उसी डाल पर खंजन चिड़िया आकर बैठ गई थी। फूलों का गुच्छा कूना के न दिखने के बाद भी हिल रहा था। कूना की माँ व्याकुल थी। उसे लगा कि वह भागकर घने पेड़ों के बीच आगे चली गई है। कूना की माँ दौड़ने लगी। और वह हिलते अमलतास के गुच्छे के भी आगे के पेड़ों तक निकल गई, जबकि कूना उसी फूल के गुच्छे के पास खड़ी थी। कूना को वह देख नहीं पाई।

पर कूना ने सामने से माँ को भागते देखा तो खुश हो गई। कुछ कहा भी नहीं। कूना ने सोचा कि माँ को आगे जाने दो। दौड़कर वह माँ को पकड़ लेगी। जब माँ बहुत आगे निकल गई। तब कूना ने वहीं खड़े-खड़े चिल्लाया, ''माँ, मैं आ रही हूँ।''

माँ ने पीछे मुड़ने के बाद कूना को दौड़ते आते देख खुश होकर हँसने लगी थी। फिर उसे लगा कि कूना की आवाज़ उसने पहले सुनी थी। और मुड़ते ही पहले कूना दिखी नहीं थी। कुछ पल बाद दिखी। 'माँ' सुनने के तुरन्त बाद वह मुड़ी थी।

कूना ने पेड़ के नीचे रुके हुए ही कहा था, ''माँ, आ रही हूँ।'' इसके बाद दौड़ना शुरू किया।

गायब होने से दूसरों से तो गायब हो जाते हैं। दूसरे देख नहीं पाते। पर खुद से भी गायब हो जाते हैं क्या ? गायब होकर अपना हाथ देखें तो हाथ दिखाई देगा ? दो गायब लोग एक दूसरे को क्या देख सकते हैं ? बोलू-कूना के सभी दोस्त गायब होकर छुपाछुपाइल का खेल, खेल सकते हैं ? गायब होकर एक दूसरे से कैसे छुपेंगे ? जो दिखता होगा उसी की आड़ में छुप जाएंगे। दिखते हुए एक पेड़ के पीछे छुप गए। दिखती हुई चट्टान की आड़ में छुप गए।

दिखती हुई माँ की आड़ में कूना छुप जाए। दिखते हुए बाघ की आड़ में गायब बोलू छुप जाएगा तो भी गायब कूना उसे ढूँढ़ लेगी। गायब होने से बाघ से डर नहीं लगेगा। गायब होकर बाघ की सवारी की जा सकती है। गायब होकर बौने पहाड़ की गहराई में उतरा जा सकता है क्या ? गायब रहते हुए गहराई में गिरेंगे तो चोट लगेगी कि नहीं ? और गायब रहते हुए सिक्कों के ढेर में गिरेंगे तो खन्न की आवाज होगी कि नहीं ? आवाज जोर की होगी या धीमे की होगी। गायब का वजन होता है ? गायब होने के पहले जितना वजन था, गायब होने पर उतना ही रहेगा। या कुछ ऐसा सूत्र होता होगा कि गायब होने के पहले का वजन+गायब होने के बाद का वजन = गायब होने के पहले का वजन। दूसरा सूत्र कि गायब होने के बाद का वजन = दिखाई देने के पहले का वजन।

बोलू शायद बौने पहाड़ की गहराई में उतर सकता था। उसके बड़े होने के किसी एक दिन उसमें यह परिवर्तन आया था कि वह मीठी धुन में गुनगुनाता तो हलका होने लगता। गुनगुनाना कम करता

तो कुछ भारी होने लगता। इसको सन्तुलित कर वह धीरे-धीरे पैराशूट की तरह नीचे गहराई में उतर सकता, अथवा हवा के छोटे-छोटे झोंकों के पंख लगाकर नीचे उतरने का प्रयत्न करे। उतरते ही पंख फैलाने की पर्याप्त जगह मिल जाए। या हवा के झोंकों को समेटकर नीचे कूदे और अन्दर फैला ले। पर नीचे की हवा ज़हरीली हो सकती है। दम घुट जाए। रह-रहकर आने वाले हवा के झोंकों की शृंखला नीचे उतरने के साथ अन्दर आती रहे, तो खतरा नहीं होगा।

एक हरेवा नाम का पक्षी होता है। हरे रंग का। बुलबुल इतना बड़ा, परन्तु पतरंगी से बिलकुल भिन्न। हरेवा दूसरे पक्षियों की बोली की नकल करता है। यह कभी जोड़ों में या छोटे झुण्डों में दिखाई देता। एक पेड़ पर अकेले भी। तब जोड़ा पास के दूसरे पेड़ में होता। पेड़ की टहनियों में फुदकता। फुदकने की अनेक कलाबाज़ियाँ दिखाता। इसकी रंग योजना का ताल-मेल हरे पेड़ से इतना होता कि दिखाई नहीं देता। बस बोली की नकल सुनाई देती। लगेगा कि पेड़ पर अनेक पक्षी बैठे हैं, बुलबुल, कोतवाल, शौबीजी, किलकिला, दैयार, दर्ज़ी। और सब एक दूसरे की बोली समझ रहे हैं। एक विमर्श चल रहा है। इस पेड़ के पास एक ठूँठ था। पक्षियों की बोली सुनकर नुकीले पंख वाला बाज़ अपने जोड़े के साथ ठूँठ पर आकर बैठ गया। बाज़ शिकार पकड़ने अपने जोड़े का उपयोग करता है। एक शिकार को हाँकता है और दूसरा झपट्टा मारकर उसे पकड़ता है। हरेवा को जैसे ही भान हुआ कि खतरा है, वह चुप होकर उड़ गया। एक अकेला पक्षी उड़ा। बाकी पक्षी कोई नहीं था जिनके बोलने की आवाज आ रही थी। बाज़ को वहाँ अनेक पक्षियों की आशा थी। हरेवा बच गया।

हरेवा की अपनी बोली कैसी है, कोई जान नहीं पाता। हो सकता है, दूसरों की बोली ही उसकी अपनी बोली हो गई हो ! दूसरों की बोली बोलते वह अपनी बोली भूल गया था। और सबकी बोली बोलना हरेवा की भाषा हो।

एक दिन एक पेड़ में अकेला हरेवा बैठा था। उस पेड़ में कई चिड़ियों के बोलने की चहचहाहट सुनाई दे रही थी। बोलू पेड़ के नीचे रुककर चिड़ियों की चहचहाहट में कहीं खोने वाला था। चहचहाहट में खंजन की बोली भी सुनाई दे रही थी। परन्तु सचमुच में वहाँ खंजन चिड़िया नहीं थी। खंजन चिड़िया होती तो बोलू के साथ छुपाछुपाइल का खेलने का उसका मन हो जाता। और वह बोलू के सिर के ऊपर की डाली में बैठ जाती और बोलू को अदृश्य कर देती।

परन्तु हरेवा की तरह बोलू का एक मित्र था छोटू। वह सभी मित्रों की आवाज में बोलता था। कभी प्रेमू की आवाज में; कभी बोलू, भैरा की आवाज में। कभी कूना की। पेड़ की आड़ में खड़ा होकर उसने बोलू को प्रेमू की आवाज में बुलाया। उसे लगा कि प्रेमू बुला रहा है। तभी उसने भैरा की आवाज़ सुनी, ''बोलू, इधर आओ।''

''हम लोग सब हैं,'' बीनू की आवाज आई।

''मैं भी हूँ,'' कूना शरारत से बोल रही हो।

''मैं भी हूँ।'' अन्त में छोटू ने किसी की आवाज में नहीं कहा।

बोलू इस स्वर को पहचान नहीं पाया। छोटू को उसकी आवाज़ से पहचानना कठिन था। छोटू की आदत जैसे पड़ गई थी कि दूसरे की आवाज में बात करे। कौन बोल रहा है, यह समझ में नहीं आता था तो कुछ देर बाद लगता कि छोटू भी हो सकता है। पर यह कठिन था। जब प्रेमू की आवाज आ रही है तो उसे पहले छोटू क्यों समझें? प्रेमू क्यों न समझें।

बोलू इधर-उधर देख रहा था। चारों तरफ घने पेड़ थे। पेड़ों की इतनी आड़ थी कि एक पेड़ की आड़ से निकलते तो दूसरे पेड़ की आड़ में चले जाते। बोलू पास के पेड़ के पीछे गया और देखा कि कोई नहीं है। आठ-दस पेड़ों के पीछे झाँकने के बाद उसे कोई नहीं दिखा तो उसे यह भी लगा कि होंगे पर गायब हैं।

इतने में फिर प्रेमू की आवाज़ आई, ''बोलू, मैं जा रहा हूँ।''

''मैं भी जा रहा हूँ।'' बोलू ने भैरा की आवाज सुनी।

''मैं भी जा रही हूँ।'' बोलू ने कूना की आवाज सुनी।

सुन-सुनकर बोलू इधर-उधर देखता। जाता हुआ कोई दिखाई नहीं देता। तभी बोलू को करंज के पेड़ के पीछे हरे रंग की कमीज़ की बाँह दिखी। फिर नहीं दिखी। बोलू चुपके से कुछ बोलते हुए जो समझ में नहीं आ रहा था, उस पेड़ के पास गया। पेड़ के पीछे छोटू खड़ा था। बोलू को अभी भी लग रहा था कि कूना और दूसरे लड़के भी यहीं कहीं होंगे।

''प्रेमू कहाँ गया ?'' बोलू ने पूछा।

''प्रेमू चला गया।'' प्रेमू की ही आवाज़ में छोटू ने कहा।

''बीनू को भी मैंने सुना।'' बोलू ने कहा।

''बीनू आया था। बीनू भी चला गया।'' बीनू की आवाज़ में छोटू ने कहा।

छोटू जब सबके साथ होता तो प्रायः छोटू के अलावा दूसरे चुप होते। लेकिन कभी तो बोलना पड़ता। जैसे छोटू बोलेगा, ''मैं जानता हूँ, तुम लोग मेरे साथ खेलना पसन्द नहीं करते।'' कूना की आवाज में वह कहेगा। जब कूना की आवाज में यह कह रहा है तो वहाँ बैठी कूना को लगेगा कि उसके साथ तो ऐसा नहीं है। उसके साथ सब खेलना पसन्द करते हैं। वह बोल पड़ेगी, ''मेरे साथ खेलना सबको अच्छा लगता है।''

''मैं अपने लिए बोल रहा हूँ।'' छोटू कहेगा, परन्तु बीनू की आवाज़ में। ऐसी स्थिति में तब यह होता कि तत्काल बीनू जवाब देता, ''मेरे साथ खेलने को कोई मना नहीं करता।''

''मैं अपने लिए बोल रहा हूँ न।'' छोटू कहेगा परन्तु भैरा की आवाज़ में।

तब भैरा बोलता, ''सच बात है। मैं कुछ बुद्धू हूँ न, इसलिए मेरे साथ खेलना कम पसन्द करते हैं।''

तब सब भैरा से एक साथ बोलते जिसमें छोटू भी शामिल होता, ''हम सब तुम्हारे मित्र हैं। तुम्हारे साथ खेलना हमको अच्छा

लगता है।''

सबके एक साथ बोलने में छोटू ने किसकी आवाज़ में कहा, यह समझ में नहीं आता होगा। हो सकता है, सबकी आवाज़ के साथ छोटू अपनी आवाज़ में बोलता हो ! उसे लगता हो कि सबके साथ उसकी अपनी आवाज़ होनी चाहिए।

सबके बोलने के बाद जिसमें वह भी शामिल था, ''मैं अपने लिए कह रहा था।'' बोलू की आवाज़ सुनाई दी पर छोटू बोल रहा था।

जब बोलू की आवाज़ सुनाई दी थी तो सबकी दृष्टि बोलू की तरफ गई। बोलू बैठा हुआ था। बोलते हुए चला नहीं था।

''छोटू, हमको तुम्हारे साथ खेलना अच्छा लगता है।'' उठकर चलते हुए बोलू छोटू के पास गया और उसके पास बैठ गया।

इन्हीं सब कारणों से छोटू अधिकतर अकेले खेलना पसन्द करता। अकेले खेलते समय भी इस तरह खेलता कि सब उसके साथ हैं। अकेले खेलते हुए वह अपने मित्रों की आवाज़ में बात करता। कोई छोटू को यदि देख नहीं रहा है कि छोटू अकेला है तो उसे लगेगा, बहुत से बच्चे खेल रहे हैं।

छोटू अकेला है। वह बीनू की आवाज़ में बोलता है, ''प्रेमू, बता, आज क्या खेलें ?''

''नहीं, बीनू, तुम बताओ। तुम कभी बताते नहीं, तुमको क्या खेलना अच्छा लगता है।'' प्रेमू की आवाज़ में छोटू ने कहा।

''अच्छा, छोटू से पूछते हैं,'' बीनू की आवाज़ आती है, ''छोटू तो कुछ बोलता नहीं।''

''छोटू क्या बोलेगा ! सबकी तरफ से बोलता है। अपनी तरफ से कुछ नहीं बोलता।'' प्रेमू की आवाज़ आती है।

छोटू फिर प्रेमू की आवाज़ में प्रश्न पूछता है, ''बीनू, बता, मेरे साथ खेलेगा ?'' इतने प्यार से यह पूछता है कि लगता कि प्रेमू कितना अच्छा लड़का है।

फिर बीनू की आवाज़ में जवाब देता, ''जा, मैं तेरे साथ नहीं खेलूँगा।'' तब लगता कि बीनू गन्दा लड़का है।

''क्यों नहीं खेलेगा ?'' छोटू प्रेमू की आवाज़ में पूछता है।

''इसलिए कि तू प्रेमू नहीं है। छोटू है।'' बीनू की आवाज़ में छोटू बोलता है।

तब कूना की आवाज़ आती, ''बीनू तुझको चिढ़ा रहा है। तेरे साथ ज़रूर खेलेगा।''

इस तरह का खेल छोटू खेलता। अकेले छोटू का खेल जब समाप्त होता तो वहाँ सन्नाटा छा जाता। छोटू बोलू की आवाज़ में बात करता तो जैसे बोलू बात करते हुए चलता है, वैसे ही छोटू भी चलता। अकेले छोटू के चुप होते जैसे बहुत से लोग चुप हो जाते।

उड़ती खंजन चिड़िया के नीचे आए लोग, पलक झपकने में जितना समय लगता उतने समय के लिए गायब होते। उनके गायब होने का पता नहीं चलता था। आँख बन्द होने से कुछ दिखाई नहीं देता पर गायब होना दिखना चाहिए; अर्थात् जो नहीं दिख रहा है, वह देखने से नहीं दिख रहा है। अगर देर तक आँख बन्द कर लें तब देर तक नहीं दिखना देर तक गायब होने जैसा नहीं। गायब होने में जो गायब होता है बस वही नहीं दिखाई देता बाकी सब दिखाई देते हैं।

जिसकी आँखें नहीं, जो अन्धा है, उसके लिए कोई दृश्य नहीं है। उनकी दृष्टि कल्पना है। एक अन्धा कल्पना करता है वैसा हूबहू दूसरा अन्धा नहीं कर पाता। जिसकी आँखें होती हैं, जिस पेड़ को वह जैसा देख रहा होता है दूसरा भी उस पेड़ को वैसा देख रहा होता। इसलिए जिसको देखकर यह जाना जाता कि चन्द्रमा है, उसे दूसरा भी देखकर जान जाता कि चन्द्रमा है। देखकर जानना जानकारी है तो नहीं देखकर जानना भी जानकारी है। किसी को टटोलने के लिए एकदम निकट जाना होता है। अन्धे संसार के सबसे निकट होते हैं। इतने निकट कि वे संसार को स्पर्श करते हैं। उनका अँधेरा दृष्टि का सन्नाटा होता है, जिसमें स्पर्श के सिवाय कुछ बचा नहीं होता।

बच्चे जो देख रहे थे उसको जान रहे थे। जो नहीं देख रहे थे उसे भी जान रहे थे। आँख में पट्टी बाँधकर खेलने का खेल उन्हें नहीं दिखने का अनुभव सिखा रहा था कि बिना देखे ढूँढ़ो कहाँ हैं।

कूना की बड़ी-बड़ी आँखें थीं। कूना की माँ कहती थी कि कूना

की आँखें खंजन चिड़िया की तरह है। कूना को खंजन जैसी आँखें समझ में नहीं आती थीं कि खंजन जैसी आँख सुन्दर कैसे हुई। कभी उसे लगता कि पलक झपकना पंख मारने जैसा है। और पलक झपकते ही दृष्टि दूर उड़कर चली जाती। पर उड़कर स्वयं तो नहीं पहुँचते। पक्षी की दृष्टि सामने दूर तक होती और वह अपने पंख से उड़ते हुए स्वयं वहाँ पहुँचता रहता। कूना अपनी खंजन जैसी आँख बन्द कर ले तो कुछ दिखता नहीं। बन्द आँख से वह अपने हाथ को देखती तो दिखाई नहीं देता। आइने के सामने आँख बन्द कर ले तो उसे अपना चेहरा नहीं दिखाई देता। खंजन जैसी आँख बंद होने पर उसे गायब कर देती थी। किताब पढ़ते हुए स्कूल जाता बोलू आसपास को कम देखते हुए और पहले के देखे हुए का अधिक अनुमान लगाते हुए स्कूल में अपने बैठने की जगह पर पहुँच जाता। जैसे स्कूल के लिए बाएँ मोड़ के पास एक बरगद का पेड़ है। पेड़ नहीं देख पाते तो उसकी छाया दिख जाती। सिर झुकाए पढ़ते जाते हुए पेड़ की छाया नहीं दिखी तो बरगद की झरी हुई पत्तियाँ दिख जातीं। यह भी नहीं तो मुड़कर देख लेते कि गलत तो नहीं मुड़ गए। जन्म से न देख पाने वालों के पास बिना देखे का अनुमान है। और पहले के टटोले हुए का अनुमान भी।

बच्चों का मन छुट्टियों में भी स्कूल जाने का होता। और स्कूल में मन होता कि छुट्टी के दिन की तरह पढ़ाई हो। छुट्टी के दिन क्या पढ़ाई की जाए यह गुरुजी या मास्टर जी को बच्चों द्वारा बताया जाता तो उनको अच्छा लगता था। कोई बहुत अच्छी बात होती तो वे खुश होकर ताली बजाते और हँसते–हा, हा, हा !

बोलू और भैरा की अखाड़े वाली बात सबको मालूम नहीं थी। बोलू जब बताता तो वह बहुत-सी बातें बताना भूल जाता। कुछ बातें ऐसी थीं जिसमें वह शामिल होता था और उसे मालूम नहीं होती थीं। जिसमें वह खो जाता था, वे बातें। अखाड़े वाली बात बताते हुए बोलू अखाड़े तक चलता चला गया। जो बात बताने से छूट जातीं उसे कूना के अलावा कोई दूसरा बताता तो कूना को अच्छा नहीं लगता था। बोलू खुद बताता तो भी। उसे लगता, सारी बात वही बताए।

वैसे भैरा ने स्कूल जाना छोड़ दिया था पर छुट्टी के दिन की पढ़ाई में वह उपस्थित होता था। छुट्टी के दिन की पढ़ाई यदि स्कूल में हो तो वह स्कूल भी जाता। भैरा भी बताने लगा था। बोलू से जानबूझकर टक्कर मारने की बात वह छुपाना चाहता था। पर बीच-बीच में कूना टोकती कि सच बोलना। इससे भैरा ने सच कहा। कूना नहीं टोकती तो भी हो सकता था कि वह सच बोलता। भैरा के कहने का कूना ने समर्थन किया। कूना ने कहा कि भैरा सच बोल रहा है। कूना ने जब बताया कि उसने छुट्टी के दिन की पढ़ाई में बोलू को उड़ते देखा था तो गुरुजी हँसने लगे–हा, हा, हा !

कूना ने पूछा, ''आप हँसने क्यों लगे गुरुजी ?''

गुरुजी ने कहा, ''तुम्हारा बताना अच्छा लगा।''

छुट्टी के दिन मछली गिनने का काम बीनू का था। वह सरोवर की मछलियों की गिनती नहीं कर पाया था। वह गिनता जाता और गिनता जाता। वह पानी को छूने वाली पत्थर की सीढ़ी पर उकड़ूँ बैठा। सरोवर की सारी मछलियों ने उसे देख लिया होगा। उसको न भी देखा हो तो उसकी परछाईं को देखा होगा जो तालाब पर पड़ रही थी। मछलियों से बीनू की परछाईं गड़बड़ा गई थी। मछलियाँ उसके पास आ-जा रही थीं। एक पल को भी स्थिर नहीं थीं। उसका गिनना भी एक पल को स्थिर नहीं था। वह आती मछलियों को गिनता और जाती मछलियों को भी। यह सोचकर कि शायद न गिना हो। मछलियों को गिनता हुआ वह थक रहा था। मछलियों के तैरने, उछलने, डुबकी लगाने के साथ-साथ उसकी गिनती भी जैसे तैरती, उछलती और डुबकी लगाती थी। बिना गिनी भागती मछली को वह पकड़ने का यत्न करता। वह फिसल जाती तो उसका गिनना भी फिसल जाता। मछली डुबकी लगाती तो उसका मन भी डुबकी लगाकर उसके पीछे जाने का होता।

मछली के उछलने से एक बार तो वह भी उछला था और फिसलकर नीचे की डूबी सीढ़ी पर आ गया था। उनका तैरना ऐसा लग रहा था कि तैर नहीं रही हों, अपने को गिनवाने के लिए छटपटा रही हों। गिनी गई मछलियाँ लौट आती थीं कि न गिनी गई हों। अपने को कई बार गिनवाने का उनका मन होता होगा। बीनू उनको खाने के लिए आटे की गोलियाँ भी नहीं दे रहा था कि खाने के लालच में आ रही हों। लगता, संसार भर की मछलियाँ इस सरोवर में हैं। बीनू के आसपास तैरती हुई थोड़ी-सी ये मछलियाँ अनगिनत थीं। इससे अच्छा तारों को गिनना था। बीनू भीग गया था। थोड़ी देर में वह थक चुका था। उससे सब गलत हुआ वह यह जान रहा था। मेढक की डुबकी को भी शायद उसने अपनी गिनती में शामिल किया था। उसे

भूख लग रही थी। वह रुआँसा हो गया था। पर उसे यह भी लगता था कि गिनती ठीक रही होगी।

वह घर लौट आया।

पिता ने पूछा, ''छुट्टी के दिन की पढ़ाई हो गई ?''

उसने 'जी' कहा।

कुएँ में बालटी डाल कर हाथ-मुँह धोने के लिए उसने पानी निकाला। बालटी में एक छोटी-सी मछली तैर रही थी। 'अठारह सौ उनचालीस' चिल्लाकर उसने कहा। उसे लगा कि यदि वह फिर कुएँ से एक बालटी पानी निकाले तो अठारह सौ चालीस हो जाएँगी। बालटी में अठारह सौ उनचालीसवीं मछली तैर रही थी। उसे लगा कि उसने सरोवर की मछली में कुएँ की मछली जोड़ दी है। बालटी के पानी को मछली समेत उसने कुएँ में उड़ेल दिया।

छुट्टी के दिन की पढ़ाई स्कूल में नहीं होती थी। स्कूल से बाहर कहीं भी होती थी। कूना ने मास्टर जी से पूछा, ''मास्टर जी, क्या स्कूल में छुट्टी के दिन की पढ़ाई हो सकती है ?''

मास्टर जी ने कहा, ''हो सकती है। यह पढ़ाई तुम्हें खुद करनी होगी।''

पर मास्टर जी को समझ में नहीं आ रहा था कि स्कूल में छुट्टी का दिन कैसे लगेगा। स्कूल में पढ़ाई का दिन तो लगता है। समय पर घण्टा बजता है। प्रार्थना होती है। कक्षाएँ लगती हैं। बच्चे बस्ता लाते हैं। बच्चे बस्ता न लाएँ, किस दिन यह हो ? रविवार साप्ताहिक छुट्टी का दिन है। क्या उस दिन स्कूल में छुट्टी का दिन लगेगा ? या बाकी किसी स्कूल के दिन ? बच्चों को स्कूल में छुट्टी का दिन अपरिचित लगेगा। स्कूल अपरिचित नहीं लगेगा। वैसे भी बच्चे छुट्टी के दिन भी स्कूल आना चाहते हैं। छुट्टी के दिन लड़के अपनी-अपनी कक्षा में रहें ? उतने ही बच्चे जिस कक्षा के उसी कक्षा में रहें या अदल-बदल हो जाएँ। मास्टर जी ने कहा, ''बच्चो, तुम लोग सोचकर मुझे बताओ कि स्कूल में छुट्टी के दिन की पढ़ाई किस तरह होगी।''

एक लड़के ने कहा, ''एकदम सुबह से होगी।''
लड़के आपस में बात करने लगे :
''सुबह स्कूल में हो या घर में ?''
''सुबह स्कूल में हो।''
''सुबह स्कूल में हो तो रात को स्कूल में होगा सोना।''
''रात को बिस्तर लाना होगा।''
''मैं तो माँ के साथ सोती हूँ।''
''माँ को भी लाना होगा।''
''पिता घर में अकेले रहेंगे तो उन को डर लगेगा।''
''पिता को भी लाना होगा।''
''मेरे घर बिल्ली है।''
''बिल्ली को साथ लाना।''
''मेरे घर गाय और बछड़ा है। मैं दोनों को लाऊँगी।''
''मैं अपना कुत्ता लाऊँगा।''
''मैं तुलसी का गमला लाऊँगी।''
''तुलसी का गमला क्यों ?''
''सुबह पानी कौन डालेगा ?''
सब गाते-गाते बात करने लगे :
''एक के घर में कुत्ता है
एक के घर में गाय
एक के दादा बूढ़े हैं
एक की बूढ़ी नानी
नातिन उसके साथ।
मेरे घर दस पेड़ों की छाया
उसके घर में पचास।
लानी होगी उन पेड़ों की छाया
तो लाना पेड़ों को कुल साठ।
अरे नहीं ! नानी सब पेड़ों की छाया

अजिया सबको फूलो-फलो की देती आस।''
एक लड़की ने गाया :
''मेरे घर को स्कूल बनाकर छुट्टी का दिन पढ़ लो।''
तो दूसरे लड़के ने गाया :
''बजरंग होटल को स्कूल बनाकर चलो पढ़ाई कर लें।''
बहुत से लड़के इसके लिए तैयार नहीं हुए। उन लोगों ने कहा :
''छुट्टी के दिन की पढ़ाई हरी घास की छत पर हो।''
''क्या हरी घास की छप्पर पक्की है ?''
बोलू ने कहा :
''हाँ, पक्की है, हरी घास की छप्पर पर धरती है।
जैसे धरती पर घास उगती, छप्पर पर उगती है।''
दूसरे छोटे-छोटे बच्चों ने गाया :
''चलो पढ़ेंगे चन्द्रमा
चलो पढ़ेंगे सूरज।''

यह सुनते ही पहली कक्षा के लड़कों ने, जो जहाँ भी खड़े थे वहीं पर एक साथ गाना शुरू किया :

''स में बड़े ऊ की मात्रा सू...र...ज सूरज
चलो पढ़ें आकाश...''
यह सुनते ही पहली कक्षा के लड़कों ने फिर गाया :
''अ में आ की मात्रा आ...क में आ की मात्रा का...श आकाश
एक-एक तारे को–
अरुंधति, ध्रुव, सप्तऋषि
मंगल, बृहस्पति, शनि
मेघ काले, कपसीले बादल को
चलो पढ़ेंगे नदियाँ–
उस पार जाने को
पुल, बाँध, सूखे और बाढ़ को। चलो पढ़ेंगे मिट्टी
मुरमी, मटासी, धूसर, कन्हार को।

चलो पढ़ेंगे पहाड़
गिरने और चढ़ने को।
चलो पढ़ेगे शेर
चलो पढ़ेंगे बाघ...''
तब डरकर एक लड़के ने कहा :
''जंगल में नहीं पढ़ेंगे शेर–
जाकर उनके पास
नहीं पढ़ेंगे बाघ
ढूँढो पहले इनकी सबसे मोटी किताब
स्कूल की पढ़ाई में इनको पढ़ लें
क्यों जाएँ हम करने इनसे मुलाकात।''
अलग-अलग समूहों में बच्चे गाने में बातचीत कर रहे थे :
''छुट्टी के दिन नया खेल सोचें
जंगल के चींटे को अपना मित्र बनाएँ–
अपने घर का पता बताएँ,
जब वह आए गुड़ की भेली पर बैठाएँ।''
''एक खेल कुछ ऐसा खेलें,
जो हो सबसे पहला खेल।
दूसरा खेल कुछ ऐसा खेलें,
जो हो सबसे पहला खेल।
इसी तरह अनगिन पहले खेलों की गिनती लगाएँ।
फिर आखिरी खेल कुछ ऐसा खेलें
जो कभी खतम न होता हो।''
''जितने तारे उतने खेल।
रात होती तो क्यों होती देर।
चलो खेलें दिन-रात।
होती न हो जिसमें देर और बीते रात।
छुट्टी के दिन की हो सुबह तत्काल।''

एक लड़की ने तब चिल्लाकर कहा :
''मैं खेलूँगी एक खेल अनोखा
जिसमें सब का साथ होगा चोखा।
मैं चलूँगी आगे।
तुम सब पीछे।
मैं पहुँचूँगी आगे
सब पहुँचेंगे पीछे।
मैं खेलूँगी सबको पहुँचाने का खेल,
एक टेढ़ी-मेढ़ी पगडण्डी पर चलकर।
जंगल में धँसने का खेल होगा।
आगे वाले को आगे खतरा, और
पीछे वालों को सुरक्षित
आगे ले जाने का जिम्मा होगा।''

दिन में स्कूल की पढ़ाई होती। रात के समय नहीं रात में अँधेरा होता। रात में कुछ स्पष्ट दिखाई नहीं देता। इसलिए अस्पष्ट का डर होता। रात का समय घर लौट आने का समय था। आदिम मनुष्य को रात होने से आश्रय और सुरक्षा के लिए घर की ज़रूरत जल्दी हुई होगी। अगर केवल दिन ही दिन होता तो यह ज़रूरत बहुत बाद में होती।

गरमी के दिनों में, रात में जब घर से बाहर खटिया डालकर सोते तब साफ खुले आकाश में तारों की टिमटिमाती भरमार होती। वैसे घर के बड़ों से तारों के बारे में कुछ न कुछ मालूम हो जाता था। चन्द्रमा, आकाश की पहली समझ हमेशा के लिए सुन्दर, चमकदार और बड़ी थी। चन्द्रमा आसानी से दिखता था। उसका स्वरूप दिनों के हिसाब से बदल जाता था। आकाश में उसके दिखने और इधर-उधर दिखाई देने के निश्चित कारण थे। घर में इन सब की जानकारी परम्परा से थी। बाहर खटिया में लेटे-लेटे छोटे-छोटे बादलों में चन्द्रमा के छुपने और निकलने को देखना अच्छा खेल था। आकाश

से बड़ा कोई परदा नहीं था, जिसमें तरह-तरह के खेल होते। यह एक विशाल दूरदर्शन था। इससे बड़ा कोई रहस्य भी नहीं था जिसके सुलझने का अनुपात इतना कम था कि वह शून्य के पास ही रहता। इसमें बच्चों के लिए अनगिनत खेल थे। ये खेल प्रश्नों के और कौतूहल के होते। रात को आँगन में नींद खुलती तो चन्द्रमा को ढूंढ़ते। कभी चन्द्रमा मिल जाता तब नींद आती। कभी चन्द्रमा के मिलने के पहले नींद आ जाती। चन्द्रमा और तारे जगह बदल देते थे। सप्तऋषि भी। परन्तु ध्रुव वहीं होता, उत्तर दिशा के खीले में टँगा हुआ तमगा, हर उसके लिए जो अपनी दिशा से नहीं भटकते। पूरे संसार का यातायात पुलिस वाला जैसा। जो जिस दिशा में जाना चाहे उस दिशा का रास्ता बताता हुआ। धरती और समुद्र में भटके हुए लोगों को राह पर लाने वाला।

गुरुजी को यह अनुमान होने लगा था कि बच्चे स्कूल में अपने साथ घर वालों और गाय, कुत्ते, बिल्ली तक को लाने इच्छुक हैं। माँ, पिता, बाबा, अजिया, नाना, नानी को भी। एक छोटी बस्ती अपने घरों से निकलकर अपने बच्चों के स्कूल में छुट्टी का दिन बिताने नहीं, छुट्टी के दिन की उनकी पढ़ाई में शामिल होने आ रही है। खामोश ढम ढमाढम ढम। एक अघोषित घोषणा जैसी। परन्तु लड़कों के उत्साह में हल्ला था। और इतना हल्ला था कि पक्षियों, कीड़ों, जंगल के जानवरों यहाँ तक कि बजरंग महराज को भी मालूम था। बजरंग महराज को भैरा से मालूम हुआ था। भैरा रोज़ अँधेरा होने के पहले होटल लौट आता था। परन्तु स्कूल में रात को रहने के लिए उसे बजरंग महराज से अनुमति लेनी होगी।

मास्टर जी के साथ यह तय हुआ कि छुट्टी का दिन बिताने पढ़ाई के लिए मंगलवार का दिन ठीक रहेगा। क्योंकि मंगलवार को छुट्टी नहीं थी। सोमवार की रात सब स्कूल में रहना चाहते थे। और सोमवार पूर्णिमा का दिन था। गोल स्कूल और लम्बे स्कूल में एक-एक टिमटिमाता बल्ब रात को जलता था। जो धूल और पुताई के

छींटों के कारण और धुँधला हो गया था। आज शुक्रवार का दिन था। आज के ही दिन से मास्टर जी ने सोमवार की रात की तैयारी शुरू कर दी थी। पढ़ाई समाप्त होते ही लड़के शाम को एक-दो घंटे स्कूल के आसपास की सफाई में लग जाते। गोल स्कूल और लम्बे स्कूल के गुरुजी आलों और खूँटी के सहारे ऊपर चढ़कर रोशनदान से बाहर छत पर आए। बल्ब निकाला। उनका आलों पर चढ़ना, रोशनदान से घुसना लड़कों ने मज़े से देखा था। सावधानी से उनका बल्ब निकालना और लगाना भी देखा।

भैरा अपने साथ एक दरी और एक चादर बगल में दबाए हुए बजरंग महराज की देहरी के बाहर खड़ा हो गया। तब बजरंग महराज के दोनों पैर हिले। इसका अर्थ था कि भैरा के आने को उन्होंने जान लिया है। उन्होंने फिर पैर हिलाया। इस इशारे का अर्थ भैरा ने लगाया कि पूछ रहे हैं, क्या बात है। भैरा बाहर खड़े हुए थोड़ा झुककर दरी और चादर के बण्डल को पकड़े अपने हाथों को अन्दर ले गया कि बजरंग महराज देख लें। बजरंग महराज ने फिर पैर हिलाया। इसका अर्थ भैरा ने लगाया कि पूछ रहे हैं कि यह क्या है। भैरा ने बण्डल दिखाया फिर बण्डल पर अपना सिर लगाकर स्कूल की ओर इशारा करते हुए समझाने की कोशिश की कि स्कूल सोने जा रहा हूँ। बजरंग महराज ने ज़ोर से पैर हिलाते हुए अपना दाहिना हाथ गल्ले की पेटी पर पटका। जिससे सारे सिक्के आपस में ज़ोर से छन्न से टकराए। गल्ले की पेटी बंद नहीं होती तो उछलकर सिक्के बाहर आ जाते।

''मुँह से बोल,'' बजरंग महराज ने कहा।

प्रतिध्वनि की तरह शेर के दहाड़ने की आवाज आई।

भैरा के हाथ से दरी और चादर छूटकर देहरी पर गिर गए थे। भैरा डर गया था। उसने जैसे सचमुच दहाड़ते हुए शेर के खुले मुँह को देखा था। कितने बड़े-बड़े दाँत थे! रोते हुए रुक-रुक कर भैरा ने कहा था, ''मैं रात को स्कूल में सोऊँगा। वहाँ छुट्टी के दिन की

पढ़ाई होगी।''

बजरंग महराज ने जैसे धीरे से पूछा था, ''तूने तो स्कूल छोड़ दिया है ?'' उनकी शेर के दहाड़ने की ज़ोर की आवाज़ थी। ऐसा लगता था कि शेर के दहाड़ने से एक हिरण का झुंड भाग रहा है। इस तरह भाग रहा है कि दहाड़ पीछा कर रही है। और एक हिरण का बच्चा पिछड़ता जा रहा है।

''छुट्टी के दिन की पढ़ाई में सबको स्कूल जाना है। जैसे माता-पिता, दादा-दादी, नाना-नानी, शेर-बाघ, भेड़िया, भालू...'' यह कह ज़ोर-ज़ोर से रोने लगा।

स्कूल जाने के लिए भैरा बजरंग महराज का भी नाम लेना चाहता था पर जब वह बजरंग महराज कहना चाहता था तब उसके मुँह से शेर, बाघ, भेड़िया और भालू निकला। बजरंग महराज का पैर तब तक हिलता रहा जब तक भैरा रोता रहा। भैरा जब चुप हो गया तो बजरंग महराज का पैर हिलना भी बंद हो गया। भैरा ने देहरी पर से अपना बिस्तर उठाया। खड़े रहते हुए मन ही मन स्कूल जाने की आज्ञा माँगी तब बजरंग महराज ने पैर हिलाया। भैरा ने सोचा कि आज्ञा मिल गई। वह खुश हो गया था। आँसू पोंछते हुए जब पलटा तो उसने देखा कि दुकान में एक भी ग्राहक नहीं था। टेबल पर भजिया की प्लेटें थीं। बिना पिए चाय के कप रखे थे। चाय ठण्डी हो गई थी। जब वह दुकान से बाहर निकला तो देखा, चाय-भजिया बनाने वाले एक चट्टान की आड़ में खड़े थे। दूसरी चट्टान की आड़ में दो ग्राहक थे। एक ग्राहक बूढ़ा था। दूसरा चौदह-पन्द्रह साल का लड़का था। बाप-बेटे होंगे।

सोमवार को चाँदनी रात थी। बच्चे इसके पहले रात को स्कूल नहीं आए थे। रात को स्कूल कैसा दिखता है यह उनको मालूम नहीं था। बच्चे आने को थे। उनकी तैयारी चल रही होगी। वे तैयार हो चुके होंगे। मामा, नाना इत्यादि लोग तैयार हो रहे होंगे ? किसी की गुड़िया सज रही होगी। नए कपड़ों की कतरनों से उन्हें सजाया जा

रहा होगा।

माँ को कंघी करता देख बोलू को अम्मा की याद हो आई। वह अम्मा के घर भागने ही वाला था। वह कुछ कहता इसके पहले माँ ने उसे पकड़ लिया, ''ला, कंघी कर दूँ।'' माँ उसकी कंघी करने लगी। घुँघराले बाल होने के कारण माँ धीरे-धीरे कंघी कर रही थी।

माँ की पकड़ जैसे ही ढीली हुई, ''मैं अम्मा के पास जा रहा हूँ।'' कहता हुआ वह भाग खड़ा हुआ। ''मैं अम्मा से कंघी करवा लूँगा।'' बार-बार कहता हुआ वह भागा जा रहा था।

बस्ती में चन्द्रमा निकल आया था। लगता है, यह स्कूल में निकला चन्द्रमा था, जो उत्सुकता वश बस्ती में आ गया था कि क्या कारण है कि बच्चे अभी तक स्कूल नहीं पहुँचे। या हो सकता है कि शुरू से बस्ती में आया हो कि बस्ती वालों के साथ स्कूल जाएँगे। चन्द्रमा के आ जाने से बस्ती में त्यौहार का उजाला हो गया था। कि चन्द्रमा निकल गया, देर हो रही है। हरी घास की छप्पर की घास से चन्द्रमा निकला था। इसलिए उसका प्रकाश घास की ओस से भीगा था। हवा में ठण्डक थी। पारदर्शी गीले प्रकाश में चलती हुई हवा इसका कारण हो। घरों में बच्चों का अधिक कोलाहल था। अभी अगर कोई भटक कर बाहर से आ जाए तो उसे लगेगा कि वह बच्चों की बस्ती में आ गया है। वह एक घर का दरवाजा खटखटाएगा तो गुड़िया जैसी सजी लड़की दरवाजा खोलेगी। दूसरे घर का दरवाजा खटखटाएगा तो गुड्डे जैसा सजा लड़का दरवाजा खोलेगा। ''क्या आप भटक कर आए हैं ?'' वह पूछेगा, तो उसे लगेगा कि वह बड़ा है इसलिए भटका डुआ लग रहा है। बच्चा होता तो भटका हुआ नहीं लगता।

अब यह आभास होने लगा था कि घरों से बच्चे निकलने वाले हैं। घरों मे झाँकने चन्द्रमा उचककर थोड़ा ऊपर हो गया। हवा शान्त हो गई थी। शान्त हो गई यानी ठहर गई थी कि ठहरे हुए वह घरों से बच्चों का निकलना देखे। हवा के ठहरने के बाद भी पेड़ हिल रहे थे।

पत्तियों में हरहराहट थी। पेड़ों का हिलना बच्चों के पास जाने की उनकी इच्छा थी। अगर कहावत में जाएँ या न भी जाएँ, पेड़ इतने उत्सुक थे कि अपने आप में डाल-डाल और पात-पात हो रहे थे।

पहला बच्चा जब स्कूल जाने के लिए अपनी माँ के साथ घर से बाहर निकला तो ऐसा दिखा जैसा खिलने पर बगीचे का पहला फूल दिखता है। उसने अपनी माँ से कहा, ''सब चले गए।''

उसकी माँ को भी लगा कि हो सकता है।

ठीक उसी वक्त सब घरों से सभी बच्चे एक साथ बाहर आए और सबने एक साथ कहा, ''हम आ गए।'' फिर गलियों, रास्तों में फूलों की क्यारियाँ-सी हो गईं। एक मेला लगने के लिए रात में स्कूल जा रहा था। बच्चों के साथ परिवार के लोग थे। सयाने लोग भी थे। बस्ती के बूढ़े और बूढ़ी भी थे। इनके साथ-साथ चन्द्रमा प्रकाश दिखाता हुआ जा रहा था। बोलू को लगता कि चन्द्रमा उसके साथ जा रहा है। कूना को लगता कि केवल उसके साथ है। कूना एक छोटे से घोड़े पर सवार थी। इतना छोटा भी नहीं कि खुद घोड़े पर सवार हो गई हो। उसे बैठाया गया था। सब लोग कूना और बोलू की तरह चन्द्रमा के साथ चलने को जान रहे थे क्योंकि चन्द्रमा सबके साथ था। जैसे अलग-अलग साथ था। किसी से छूटा नहीं था।

बोलू गुनगुना रहा था। एक मधुर गूँज चन्द्रमा के प्रकाश की तरह चारों तरफ फैली थी। जंगल और बस्ती के पेड़ों की मिलीजुली सर-सर और दिनों की तरह सन्नाटे को नहीं बढ़ा रही थी। बल्कि सन्नाटे को तोड़ते हुए उस मधुर गूँज के संग थी। इस भीड़ में गाय-बैल भी थे। उनके गले की घण्टियों की टुनटुन भी थी।

इतने में स्कूल की घण्टी आठ बार बजी। इस तरह बजी कि बच्चों को लगा बहुत देर हो गई है। देर तो हो गई थी, बहुत से बच्चे तो अभी तक सो गए होते। परन्तु स्कूल में सोएँगे के उत्साह में सब चैतन्य थे। साढ़े छह-सात बजे तक स्कूल पहुँच जाते तो अच्छा था। बड़ों ने कहा—जल्दी चलो, देर हो रही है, तो कुछ बच्चे दौड़ने लगे।

कूना का घोड़ा बोलू के पास पहुँचा ही था कि कूना ने चिल्लाकर कहा, ''बोलू, देर हो रही है। मेरे घोड़े पर बैठ जा।''

बोलू ने कहा, ''नहीं, मैं अपने घोड़े से आऊँगा।''

कूना ने पूछा, ''तुम्हारा घोड़ा कहाँ है ?''

कूना का घोड़ा दौड़ने के लिए जैसे तैयार था। वह तेज़ चलने लगा। फिर दौड़ने लगा।

तब बोलू गुनगुनाता हुआ बहुत हलका हो गया था। बोलू ने अपने बाएँ और दाहिने कन्धे में हवा के झोंकों के पंखों को महसूस किया। हवा के पंख लगते ही आकाश उसे लिखा हुआ एक संसार लगा और इस लिखे हुए संसार में 'स' के ऊपर लगी बिन्दु चन्द्रमा है। उसकी इच्छा चन्द्रमा तक उड़ जाने की हुई। उसे स्कूल जाने की याद आई। दो झोंकों में वह कूना तक पहुँच गया। कूना का घोड़ा खटपट दौड़ रहा था। बोलू हवा के घोड़े पर सवार था। और वह कूना के पास आने लगा। पीछे से उसने बहुत धीरे से पुकारा, ''कूना।'' कूना पीछे देख पाती कि बोलू उसके पास से गुज़रा और आगे निकल गया। ''मैं आगे स्कूल पहुँचूँगा।'' बोलू ने कहा।

कूना अचम्भित थी। जैसे वह एक बड़ा जादू था। कूना का घोड़ा भी अचम्भित था। वह ठिठकने लगा था। कूना ने अपने छोटे-छोटे पैरों से एड़ लगाई ! कूना ने कहा, ''बोलू, मैं तुम्हारे घोड़े पर बैठूँगी। तुम्हारा घोड़ा अच्छा है। नहीं तो मुझको आगे जाने दो।''

''दोनों साथ चलेंगे।'' बोलू ने कहा।

''तो मैं तुम्हारे घोड़े पर आ जाऊँ ?'' कूना ने कहा।

''मेरा घोड़ा शायद तुम्हारा वज़न न उठा पाए।'' बोलू ने कहा।

''तुम्हारा घोड़ा भूखा है ?'' कूना ने पूछा।

''तुम मोटी हो। दोनों का भार मेरा घोड़ा उठा नहीं पाएगा।... अच्छा, मेरा हाथ पकड़ो।'' बोलू ने कहा।

उसने कूना की ओर दाहिना हाथ बढ़ाया। कूना ने बोलू का हाथ पकड़ा। बोलू कूना के घोड़े से कुछ दूर हुआ और कूना बोलू का

हाथ पकड़े घोड़े से अलग होकर कुछ दूर तक उड़ी। कूना के भार से बोलू झुक गया था। बोलू कूना के घोड़े जितनी ऊँचाई पर था। कूना का पैर धरती के बिलकुल पास था। सामने एक चट्टान थी। कूना ने अपने दोनों पैर ऊपर मोड़ लिए थे कि चट्टान से न टकराएँ। बोलू इसको जान रहा था। चट्टान से वह कुछ दूर हट गया। सामने बहुत से पेड़ थे। बोलू गुनगुनाता हुआ अधिक हलका होने की कोशिश करता पर वह इतना हलका नहीं हो पा रहा था कि कूना को लिए पेड़ों के ऊपर चला जाता। इसलिए ज़मीन पर उतरने के लिए बोलू चुप होकर गुनगुनाने को बीच-बीच में बन्द कर देता। इससे बोलू थोड़ा-थोड़ा भारी हुआ और उसके साथ कूना के पैर धरती पर लगे।

कूना का घोड़ा आगे कहीं निकल गया था। नीचे उतरते ही कूना को अपना घोड़ा याद आया। घोड़े के कारण वह भूल गई कि थोड़ी देर पहले वह उड़ रही थी।

स्कूल पास आ गया। वे स्कूल के मैदान के छोर पर खड़े थे। स्कूल में एक शान्त चहल-पहल थी। खिड़की-दरवाज़े खुले थे। गुरुजी होंगे। कक्षाओं के अन्दर फीका उजाला था कि किताब पढ़ना चाहें तो भी न पढ़ सकें। वैसे भी पाठ्य-पुस्तक नहीं पढ़ना था।

चन्द्रमा भी आकाश में बल्ब की तरह जल रहा था। चन्द्रमा को फ्लड लाइट कहना ठीक था। वातावरण खेल की रात जैसा था। छुट्टी के दिन की सुबह कल होगी, उसकी यह रात थी। स्कूल के बच्चों के साथ उनका घर-परिवार भी स्कूल पहुँचने वाला था। कुछ बच्चों की बातचीत पास आती सुनाई दे रही थी। ऐसा तो नहीं, छोटू हो ! चार साथियों की आवाज़ में अकेले बातचीत करता हुआ आ रहा हो ! छोटू अगर बजरंग महराज की आवाज़ में बोले तो जंगल के शेर के दहाड़ने की आवाज़ आएगी ? सभी छोटू की आवाज़ से धोखा खा जाएँ, ऐसा हो नहीं सकता। शेर धोखा न खाए।

आकाश तारों से भरा था। हो सकता है कि तारे रात को स्कूल में पढ़ने आते हों। आज बच्चे रात को आ रहे हैं इसलिए स्कूल खाली

कर आकाश में भर गए हों ! तारे बच्चों के सवाल थे। ये सवाल उनके मन में उठते थे पर किसी से पूछे नहीं गए थे। शायद न पूछने से तारे बन कर चमक रहे हों कि हमारी ओर ध्यान दो और हमें बच्चों के मन में उत्तर बना दो। हमें हल कर दो। हम अनगिनित शेष हैं। तारों भरी चाँदनी होने से रात लम्बे-चौड़े प्रश्न पत्र की तरह थी।

स्कूल जाने वालों की भीड़ में भैरा भी था। भैरा बोलू को ढूंढ़ रहा था, इसलिए कभी बाएँ जाता, कभी पीछे, कभी दाएँ। बोलू को ढूँढ़ने के चक्कर में वह भीड़ से अलग होकर अकेला हो गया था। वह अपने किसी भी साथी को ढूँढ़ नहीं पा रहा था। यद्यपि चाँदनी रात थी पर कोने-कोने में अँधेरे तब भी थे। चाँदनी रात सब तरफ के अँधेरों को भगा नहीं सकती।

भैरा के हाथों में उसका बिस्तर था। भीड़ इतनी नहीं थी कि किसी को ढूँढ नहीं पाएँ। एक तो, इधर-उधर सब बिखरे हुए चल रहे थे और पहचान में तभी आते जब पास आते। तभी भैरा को अपनी आवाज़ सुनाई दी, ''बोलू, कूना स्कूल नहीं जाएगी न।'' अगर बोलू दिखता और उसके साथ कूना नहीं होती तो वह बोलू से यही प्रश्न पूछता। परन्तु भैरा तो चुप था। जब चुप था तो उसे अपनी आवाज़ क्यों सुनाई दी ? बोलू उसे कब से नहीं मिला था।

क्या उसने बोलकर सोचा था ? अगर उसने बोलू से कहा था तो अब बोलू कहाँ है ?

''बोलू, तू चुप क्यों है ?'' भैरा ने भैरा की आवाज़ सुनी।

तब भैरा ने चिल्लाकर कहा, ''बोलू, भैरा मैं हूँ। तुम कहाँ हो ?''

इतने में भैरा ने सुना भैरा की आवाज़ में, ''बोलू, लगता है, छोटू भैरा की आवाज़ में बोल रहा है। हम लोगों को बुद्धू बना रहा है।''

भैरा मुड़कर उस ओर बढ़ा जिधर से आवाज़ आई थी। पेड़ों के कारण वहाँ अँधेरा था। वह झाड़ियों को हटाता हुआ तेज़ जा रहा था।

भैरा ने कहा, ''नहीं बोलू, मैं भैरा हूँ। और तुमको ढूँढ़ रहा हूँ। तुम मुझको दिख नहीं रहे हो।''

''तुम भैरा नहीं हो। भैरा मेरे साथ है। तुम झूठ बोल रहे हो। तुम जादूगर हो या छोटू ?'' बोलू की आवाज़ आई।

''नहीं बोलू, मैं भैरा हूँ। तुम धोखा मत खाना। मैं स्कूल जा रहा हूँ। तुम सब लोगों को ढूँढ़ रहा था। जो भैरा तुम्हारे साथ है, वह भैरा नहीं है। जादूगर है। मेरा भेष बनाकर तुम्हारे साथ है। या छोटू मेरी आवाज़ का भेष बना रहा है। तुम दोनों मुझे बुद्धू बना रहे हो।'' भैरा ने कहा।

''धोखा तुम दे रहो हो। भैरा मेरे साथ है। तुम अपना असली नाम बताओ।'' भैरा की आवाज़ थी।

''भैरा मेरा असली नाम है।'' भैरा ने कहा।

अँधेरा जगह-जगह छुपा हुआ था। अँधेरा अचानक इस तरह पास आ जाता जैसे ताक में छुपा हुआ था। अँधेरा जहाँ था वहाँ सन्नााटा था। अँधेरे और सन्नाटे में दोस्ती थी। अँधेरे में कोई जाता नहीं इसलिए वहाँ सन्नाटा होता है।

बोलू को ढूँढ़ने के चक्कर में भैरा उस ओर चला आया जिधर एक खतरनाक गड्ढा था। उसे याद आया, वह सँभल गया। दो कदम बाद ही गड्ढा था। बहुत गहरा। उसमें गिर जाएँ तो ऊपर आना मुश्किल। भैरा के लिए तो बहुत कठिन। गड्ढे के तल में थोड़ा बरसात का पानी भरा था। पानी में चन्द्रमा की परछाईं थी जिससे चन्द्रमा गड्ढे में गिरा हुआ दिख रहा था। देखकर लगता कि कैसे निकलेगा। गड्ढा आए दिन गहरा होता जा रहा था। यह एक ऐसी जगह थी जहाँ मुरम थी। लोग मुरम खोद कर ले जाते। और खोदते हुए नीचे उतरने के लिए सीढ़ी बनाते जाते। पर सीढ़ी जगह-जगह टूट गई थी। नीचे उतरना और ऊपर चढ़ना कठिन हो गया था। भैरा खुद तो सँभल गया पर अपने बिस्तर, दरी और चादर को सँभाल नहीं पाया। हाथ से छूटकर बिस्तर गड्ढे में गिर गया। बिस्तर पानी तक

नहीं पहुँच पाया था। खुरदुरी मुरम की दीवाल से लुढ़कते हुए पहले ही ठहर गया था। वह ज़ोर से चिल्लाया, ''बोलू, मेरा बिस्तर गड्ढे में गिर गया है। मेरी मदद करो। मैं गड्ढे में बिस्तर लेने उतर रहा हूँ।'' अब उसका सारा ध्यान बिस्तर को पा लेने में था।

''भैरा, गड्ढे में मत उतरना। हम लोग आ रहे हैं।'' बोलू की आवाज़ थी।

''रुक जा भैरा, मैं आ रही हूँ।'' कूना की आवाज़ थी।

भैरा बहुत दिनों से अनसुना करना भूल रहा था। उसने अनसुना किया। उसने पहली सीढ़ी पर सँभल कर पैर रखा। फिर दूसरी पर। गड्ढे के आसपास के बड़े पेड़ों की हिलती-डुलती अँधेरी छाया नीचे पड़ रही थी। इससे भ्रम होता था। यह भ्रम वैसा ही था जैसे पास और दूर के लेंस वाला चश्मा पहनकर नीचे देखते हुए उतरने से होता है।

बीनू की आवाज़ आई, ''मैं छोटू बोल रहा हूँ। मैं भी हूँ।''

''तुम बीनू बोल रहे हो।'' भैरा ने कहा।

छोटू जो सबकी आवाज़ में बोल कर सबको उपस्थित करता था। अपने को 'छोटू' बोलकर उपस्थित नहीं करा पा रहा था। छोटू केवल दिखकर अपने को उपस्थित करा पाता था।

''मैं छोटू बोल रहा हूँ और अकेला हूँ।'' बोलू की आवाज़ में उसने कहा।

''तुम बोलू बोल रहे हो।'' भैरा ने कहा।

''सच में मैं छोटू बोल रहा हूँ। कसम से।'' कूना की आवाज़ पास से आई।

कूना की आवाज़ में, बोल रहा हूँ क्यों है, बोल रही हूँ क्यों नहीं है ? शरारत छोटू कर रहा है या कूना कर रही है ? भैरा ने सिर उठाकर देखा। छोटू जैसा लड़का खड़ा था। नीचे झाँक रहा था।

तीन सीढ़ी भैरा उतर चुका था। चौथी सीढ़ी पर पैर रखते समय उसका पैर सीढ़ी के कोने पर पड़ा। कोना टूट गया और वह गड्ढे में

गिर गया। उसे अधिक चोट नहीं लगी, दोनों हथेलियाँ छिल गई थीं। भैरा का मन रोने को हुआ। पर रोया नहीं। पानी में गिरने से वह बच गया था। पानी में चन्द्रमा को देखा। गड्ढे में उसका अकेलापन कुछ कम हुआ। तभी एक बादल का टुकड़ा आया और चन्द्रमा को छुपा लिया। गड्ढे के पानी में सफेद बादल की परत अँधेरे की परत की तरह छा गई। चन्द्रमा के न दिखने से उसे फिर रोने का मन हुआ। भैरा को सरसराहट सुनाई दी। वह एक कदम पीछे हटकर इधर-उधर देखने लगा। सरसराहट की आवाज़ आकाश के चन्द्रमा को तो नहीं सुनाई दी होगी। चन्द्रमा की परछाईं को सुनाई दी होगी, जो भैरा के पास थी। इसलिए किसकी सरसराहट है, देखने परछाईं का चन्द्रमा भी परछाईं के बादल से निकल आया। यदि चन्द्रमा से उसकी परछाईं है तो परछाईं से उसका चन्द्रमा भी है। ऊपर चन्द्रमा भी बादल से निकल आया था।

भैरा ने ऊपर देखा। अब की बार एक सियार दिखा। लगता है, छोटू खबर करने भाग गया था कि भैरा मुरम के गड्ढे में गिर गया है। बोलू के पास गया हो ! बजरंग महराज के पास तो नहीं चला गया ? इस बीच भैरा ने सीढ़ी से ऊपर चढ़ने की कोशिश की। नीचे की दो सीढ़ियाँ धसक चुकी थीं। ऊपर वह कैसे चढ़ेगा, यह उसे समझ में नहीं आ रहा था। रात भर यहीं रहना होगा। स्कूल न पहुँच पाने का उसे दुख था।

ओढ़ने के लिए उसके पास चादर थी और बिछाने के लिए दरी। डर के कारण वह सो नहीं रहा था। पर नींद के कारण वह सोना चाहता था। सोच रहा था कि जैसे वह गिरा है, हाथी भी गिर सकता है। हाथी गिर गया तो दब कर वह मर जाएगा। मान लो कि नहीं मरा तो फुर्ती से वह हाथी की पीठ पर चढ़कर गड्ढे से निकल जाएगा। पर जंगल का हाथी पीठ पर चढ़ने क्यों देगा ? वह तो सूँड़ से उठाकर पटक देगा। पालतू हाथी खुद की पीठ पर बैठा लेता क्योंकि वह बुद्धू नहीं होता। सीखा हुआ होशियार होता। पर होशियार हाथी गड्ढे में

क्यों गिरेगा ? मेरे जैसा बुद्धू ही गिरेगा। शेर गिर जाए तो वह खा जाएगा। अब वह क्या करे ?

उसने ऊपर देखा, सियार झाँक रहा था। उसकी आँख चमक रही थी शायद परछाईं के चन्द्रमा के कारण। सियार भैरा को ऐसे देख रहा था जैसे वह गड्ढे के पिंजड़े में कैद है। भैरा सोच रहा था कि सियार उतरने की कोशिश में है। सियार भी उतरने की सोच रहा था। इस सोच में सियार गड्ढे के चक्कर भी लगा रहा था।

भैरा दरी बिछाकर गड्ढे की दीवाल से पीठ टिका बैठना चाहता था। चादर निकालकर उसने ओढ़ ली थी। मच्छर काट रहे थे और हल्की-सी ठण्ड भी लग रही थी। कुछ पत्थर पड़े थे। अपने बचाव के लिए उसने उन्हें इकट्ठा करना शुरू किया। एक बड़ा पत्थर उठाया तो उसके नीचे से तीन बिच्छू निकले। इधर-उधर भाग कर वे छुप गए। भैरा ने न मालूम कितने पत्थर उठाकर देखे होंगे परन्तु पहली बार उसे बिच्छू मिले।

तभी शेर के दहाड़ने की आवाज़ आई। आवाज़ इतने पास से और ज़ोर से आई थी कि मुरम की दीवाल से चिपके हुए मुरम के कुछ कंकड़ झरे और लुढ़कते हुए पानी में डूब गए। सियार के भागने की आवाज़ आई थी। हो सकता है कि बजरंग महराज ने बोला हो और सुनकर शेर दहाड़ा हो। बजरंग महाराज ने 'भैरा' पुकारा हो इसलिए दहाड़कर शेर ने 'भैरा' कहा हो। यदि वह 'पिताजी' कह कर जवाब दे तो क्या शेर भी 'पिताजी' दहाड़ेगा ?

''पिताजी,'' भैरा चिल्लाया। तभी बिलकुल पास से शेर के बच्चे के दहाड़ने की आवाज़ आई, और गड्ढे की दीवाल से एक मुरम का टुकड़ा झर कर लुढ़कता हुआ पानी में गिरा।

भैरा गड्ढे में गिर गया, यह बताने छोटू पहले बस्ती में गया। वह भूल गया था कि बस्ती में लोग नहीं मिलेंगे। बस्ती सुनसान थी। वह स्कूल की ओर दौड़ा। रास्ते में उसे टॉर्च लिए बजरंग होटल का भजिया बनाने वाला मिला। वह बहुत तेज़ी से जा रहा था। छोटू ने

उसे रोका, ''भैरा मुरम के गड्ढे में गिर गया है।'' छोटू हाँफ रहा था। परन्तु जो आवाज़ थी, वह भैरा की थी।

भजिया बनाने वाला किसी के भी रोकने से रुकने वाला नहीं था। शायद बजरंग महराज ने कहा हो कि सीधे जाना, कहीं रुकना नहीं। परन्तु भैरा की आवाज़ सुन रुक गया। उसके मुँह से निकला ''भैरा।'' उसने ध्यान से छोटू को देखा कि भैरा है ? छोटू, छोटू था, भैरा तो नहीं था। उसे लगा, भैरा की चिन्ता में उसे भैरा की आवाज़ सुनाई दी। ''मुझे मालूम है,'' कह कर वह भागने जैसा चल पड़ा।

''तुम को कैसे मालूम हुआ ?'' बोलू की आवाज़ में छोटू ने पूछा।

''अब कौन बोला ? कौन है भाई ?'' वह मुड़ा। उसे वही लड़का दिखा जिसने उसे भैरा की आवाज़ में रोका था। वह बताना नहीं चाहता था, परन्तु वह आश्चर्य की स्थिति में था। इसी स्थिति के कारण उसके मुँह से निकला, ''बजरंग महाराज ने बताया।'' फिर वह इस तरह मुड़ा कि बेकार रुक गया था। वह दौड़ पड़ा।

तभी उसने एक बच्ची को सुना, ''बजरंग महराज को कैसे पता चला ?'' यह कूना की आवाज़ थी। वह कूना को नहीं जानता था। ये बच्ची कहाँ से आ गई ? वह पलटा तो उसने उसी लड़के को देखा। उसने छोटू के चेहरे पर टॉर्च का उजाला फेंका। एक प्यारा-सा लड़का दिखा।

टॉर्च के प्रकाश से छोटू की आँखें मिचमिचा गईं। वह गुस्सा हुआ। उसने बजरंग महराज की आवाज़ में कहा, ''यह सब क्या है ? भैरा के पास जाओ।'' उसी समय शेर दहाड़ने लगे। शेर बिलकुल पास दहाड़ रहे थे।

भजिया बनाने वाला शेर की आवाज़ सुन किसी सुरक्षित जगह पर चला जाता परन्तु बजरंग महराज के कहे अनुसार वह मुरम-खदान की तरफ ही दौड़ा। जब वह दौड़ रहा था तो टॉर्च थरथरा रही

थी। थरथराती रोशनी जिस पर जितनी देर पड़ती वह उतनी देर थरथराते हुए दिखता। चाहे वह चट्टान हो, पेड़ हों, बस्ती के कुछ दूर झोपड़ी हो, धरती हो। आकाश तक यदि टॉर्च का प्रकाश जाता तो आकाश भी थरथराते हुए दिखता।

करीब-करीब सभी एक साथ स्कूल पहुँचे होंगे। परन्तु यह साथ पहुँचना ऐसा था कि इसमें जो पीछे था, वह हमेशा पीछे नहीं था, आगे भी हो जाता। जो आगे था, वह हमेशा आगे नहीं था, पीछे भी हो जाता। बस्ती के स्कूल का रास्ता आधे घण्टे का था परन्तु बच्चों ने रास्ता लगातार सीधे स्कूल की दिशा में न चलकर दाएँ, बाएँ, पीछे और बोलू, कूना ने हवा में उड़कर भी काटा।

कूना को हवा में उड़ना याद नहीं था। बच्चे कभी सपने की बात करते तो कूना 'सपना क्या होता है' पूछती। उसने सपना कभी नहीं देखा। देखा भी हो तो उसे याद नहीं रहता। बीनू यदि कहता, 'आज मैंने एक सपना देखा,' तब कूना कहती, 'मुझे भी सपना दिखाओ।'

''मैं कैसे दिखाऊँगा,'' बीनू कहता।

''तुमको चना खाने को दिया था, वह मेरा चना था,'' कूना कहती।

फिर बोलू समझाते हुए कहता, ''सपना खुद देखना पड़ता है।''

तब बोलू कहता, ''तुम देख लेती हो और भूल जाती हो।''

''मैं नहीं भूलती, गुरुजी कहते हैं, मेरी स्मरणशक्ति अच्छी है। तुम लोग सपना देखते रहते हो, मैंने एक बार भी नहीं देखा।'' यह कहकर कूना रूठ जाती।

बैलों और गायों को स्कूल के किनारे लगे पेड़ों से बाँध दिया गया था। एक गाय बिलकुल डाल की तरह पतले पेड़ से बँधी थी।

हलका-सा खिंचाव भी गाय को बँधा होने का आभास देता। उससे ज़्यादा गाय खींचती नहीं थी इसलिए पेड़ के टूटने का डर नहीं था।

गुरुजी चाहते थे कि बड़ी उम्र के लोग और बच्चे कक्षा के अन्दर सोएँ। सुरक्षा के लिए युवा बरामदे में सोएँ। कक्षा के दरवाज़े सोने से पहले अन्दर से बन्द कर लिए जाएँ। कक्षा के दरवाज़े बाहर से बंद हो जाते थे पर मालूम हुआ कि अधिकांश दरवाज़े अन्दर से बन्द नहीं होते। कक्षा में अन्दर सिटकनी लगाने का कोई औचित्य नहीं था। पर स्कूल बनाते समय अन्दर सिटकनी क्यों लगी होंगी ? क्या ऐसा सोचा गया था कि घण्टी बजने के बाद दरवाज़े को अन्दर से बन्द कर लें ताकि देर से आने वाले विद्यार्थी चुपके से घुस न जाएँ ? इस कारण से तो सिटकनी नहीं लगाई गई होगी, क्योंकि समय के पहले विद्यार्थी स्कूल आ जाते थे और दरवाज़ा खुलने का रास्ता देखते थे। कुछ बच्चे जो पहले आकर पढ़ना चाहते, वे चौकीदार के घर जाकर दरवाज़ा खोलने का अनुरोध करते। चौकीदार एक-दो कक्षाएँ खोल देता। कमरे के अन्दर बरसात, गरमी में आराम रहता था। जाड़े में बच्चे बरामदे की धूप में बैठकर पढ़ते। अधिकतर बच्चे मैदान में खेलने के लिए जल्दी आते। स्कूल की घण्टी बजते ही सब बच्चे दौड़ते हुए प्रार्थना की जगह इकट्ठे हो जाते। खिड़कियों में सिटकनी हमेशा अन्दर की तरफ लगती। खिड़की में बाहर की तरफ की सिटकनी को देखा-सुना नहीं गया था। खिड़की में बाहर साँकल भी नहीं लगाई जाती थी।

बच्चों का देर से स्कूल आने का कोई ज़रूरी कारण होता था। स्कूल डरावनी जगह नहीं थी। स्कूल जाने में बच्चों को डर नहीं लगता था। रात में भी नहीं। स्कूल से बच्चों की इतनी आवाज़ें आ रही थीं कि स्कूल शाम का पेड़ लग रहा था और सोने के पहले पतरंगी का गुल-गपाड़ा हो रहा था यद्यपि रात हो चुकी थी।

हाँफता हुआ छोटू गोल स्कूल पहुँचा। बच्चों की भीड़ में किसी एक को पहचान पाना कठिन था। बोलू अपनी कक्षा के सबसे ऊपर

वाले आले में खूण्टी पकड़े खड़ा था। देख कर लगता था कि कहीं खो गया है। छोटू के 'बोलू-बोलू' चिल्लाने को वह सुन नहीं रहा था। छोटू ने फिर बोलू को पहले बोलू की आवाज़ में पुकारा। वह सुनता भी कैसे। एक तो वह खो गया था। दूसरे अपनी ही आवाज़ वह तब सुनता है जब वह किसी से बात करता है। बोलू तब सुनेगा जब वह बोलकर अपने को 'बोलू' पुकारे; या वह अपना नाम बोलू किसी को बताए।

इसके बाद छोटू ने प्रेमू फिर कूना, फिर गुरुजी की आवाज़ में बोलू को पुकारा तो पूरी कक्षा में सन्नाटा छा गया। बोलू ने जो अपने को खो दिया था, तब अपने को पा लिया हो। बोलू ने गुरुजी की आवाज़ की तरफ जब छोटू को देखा तो प्रेमू की आवाज़ में छोटू ने बोलू को अपने पास बुलाया। उसने बोलू के कान में बोलू की आवाज़ में ही बताया, ''भैरा मुरम की खदान में गिर गया है और निकल नहीं पा रहा है।''

एक-एक कर फिर सभी मित्रों को कान में उन्हीं की आवाज़ में भैरा के गिरने की बात बताई। जैसे, कूना को कूना की आवाज़ में।

स्कूल की भगदड़ की आड़ में सबके सामने ये लोग निकले। इनसे किसी ने कुछ पूछा भी नहीं। भैरा के पास पहुँचने की जल्दी में बताना भी भूल गए। तभी बादल ने उनके मैदान के पार होने तक चन्द्रमा को छुपा लिया। धुँधली छाया के झुण्ड की तरह ये थे। बदली के कारण सबने इन्हें अनदेखा किया, चन्द्रमा ने नहीं। मैदान के पार होते ही चन्द्रमा बादल से निकल कर इनके साथ हो लिया। जहाँ ये ठिठक कर रुकते, चन्द्रमा भी रुक जाता। दौड़ते-दौड़ते कूना ने कहा, ''भूल गए, घोड़े को ले आते।''

बोलू सबसे आगे था। वह दौड़ने के लिए गाने लगा था, ''भागो-दौड़ो, छू हो जाओ। कोई किसी के पीछे न हो। कोई किसी के आगे न हो।। साथ भागो। साथ पहुँचो। पहुँचने में देर न हो। साथ चलो भई, साथ चलो, आगे वालों के साथ चलो। छू हो जाओ। उड़न छू।''

बोलू इतना हलका हो चुका था कि उसे पता नहीं चला कि दौड़ते-दौड़ते धरती को छोड़ वह हवा में है जबकि उनके साथियों को लग रहा था कि बोलू तेज़ दौड़ रहा है। सभी को लग रहा था कि हवा उन सबको पीछे से ठेल रही है। और सभी अपने-आप तेज़ दौड़ रहे हैं।

उधर बजरंग होटल का भजिया बनाने वाला उसी तरह दौड़ रहा था जैसे उसे भी छू कर दिया गया हो। उसे दौड़ना ही याद रहा। दौड़ कर कहाँ जाना है, वह भूल गया। जब वह मुरम की खदान से आगे निकल गया तब उसे याद आया कि मुरम खदान जाना है। वह लौटा। वह थक चुका था इसलिए धीरे-धीरे लौटते हुए सुस्ता रहा था। उसे अपने पीछे किसी के आने का आभास हुआ। दबे पैरों से आ रहा था, ताकि पत्तों की चरमराहट की आवाज़ कम हो। वह भी दबे पाँव चलने लगा। वह चाहता था कि उसके चलने से भी पत्तों की आवाज़ न हो, जिससे वह पीछे चलने की आहट को साफ सुन सके। जब भजिया बनाने वाला पैर रखता तब उसका पीछा करने वाला पैर रखता। जब वह रुकता तो पीछे वाला भी रुक जाता। इतने में चन्द्रमा बादल में छुप गया। अँधेरा बढ़ गया। भजिए बनाने वाले को क्या पता कि इसी समय बोलू के साथ उसके मित्र स्कूल से निकल कर मुरम की खदान की ओर चल पड़े हैं। और चन्द्रमा उनकी सहायता कर रहा है। आवाज़ न हो इसलिए भजिया वाले ने अपने प्लास्टिक के कड़े तल्ले के जूते उतार लिए। और हलके पैरों से चलने लगा। इस बार उसे लगा कि पीछे दो लोग हैं, या ऐसा एक हो जिसके चार पैर हों। वह डर गया कि उसके पीछे कहीं शेर तो नहीं !

नगे पैर होने से सूखे पत्तों के स्पर्श को वह महसूस कर रहा था। अब उसके चलने से पत्तों की आवाज़ कम हो गई थी। परन्तु जो पीछे आ रहा था, अपने गद्दीदार पैरों से आ रहा था और वह पहले से पास आ गया था। भजिया बनाने वाले ने पीछे मुड़ कर नहीं देखा था। उसे डर था कि वह मुड़कर देखेगा तो वह शेर होगा। और मुड़कर नहीं

देखेगा तो शायद शेर नहीं होगा।

भजिया बनाने वाला चार-पाँच साल हुए, बजरंग होटल में काम कर रहा था। होटल में काम करने से अब उसे भय लगने लगा था। एक बार भागने की उसने कोशिश की। भागकर वह घने जंगल में छुप गया। आकर जैसे ही उसने सोचा कि वह बच गया वैसे ही बिलकुल पास उसे बजरंग महराज की आवाज़ आई, ''अँधेरा होने के पहले होटल लौट आना।'' इसके बाद शेर दहाड़ने लगे। एक सियार दहाड़ सुनकर भागने लगा। होटल लौटने का रास्ता वह भूल चुका था। शेर से बचने का रास्ता सियार ने चुना था वही रास्ता भजिया बनाने वाले ने भी चुना। वह सियार के पीछे भागने लगा। सियार भागते हुए बौने पहाड़ के एक चट्टान के नीचे घुस गया। भजिया बनाने वाला भी चट्टान के नीचे घुस गया। चट्टान के नीचे दो गुफाएँ थीं। सियार किस गुफा में घुसा वह यह देख नहीं पाया था। दाहिने हाथ की गुफा में वह घुस गया। गुफा के अन्दर अँधेरा था। टटोल-टटोलकर वह बढ़ रहा था।। उसे लग रहा था कि अँधेरा हो गया है। बजरंग महराज ने कहा था कि अँधेरा होने से पहले लौट आना। पर अँधेरा नहीं हुआ था। कुछ आगे जाने से उसे हलका उजाला दिखने लगा था। वह गुफा के मुहाने तक पहुँच गया। गुफा के मुँह से वह बाहर निकला। दो चट्टानों के बीच सँकरी जगह थी। दोनों चट्टानों की दीवाल के ऊपर छत की तरह एक चट्टान पड़ी थी। बाहर आकर उसने देखा, सामने थोड़ी दूर पर बजरंग होटल है। वह होटल के सामने अजीब सकते में उपस्थित हुआ।

उसने देखा, एक ऊँची चट्टान के ऊपर सियार खड़ा है। वही सियार जिसके पीछे वह आया था। और सियार ने जैसे उसे होटल का रास्ता दिखाया था। क्या यह सब बजरंग महराज के कहने से हुआ था ?

इसके बाद भजिया बनाने वाला सिर झुकाए होटल में अपनी जगह जाकर खड़ा हो गया और काम में लग गया। वह कई दिन तक

सिर झुकाए रहा। बस्ती में भी सिर झुकाए आता जाता। और सोते समय भी सिर झुकाए रहता, पर यह पता कहाँ चलता है कि सिर झुकाए सो रहा है। परन्तु उसे नींद तभी आती जब उसे लगता कि लेटे रहने में उसने सिर को झुका लिया है। और अब वह चैन की नींद सो सकेगा। होटल में ही वह सोता था। सीधे सुबह नींद खुलती। वह नहीं चाहता था कि उसकी नींद रात में कभी खुले। रात में नींद खुलने के डर से वह रोज़ बिस्तर पर जैसे लेटते ही बेहोश हो जाता था। होटल में सोने के लिए बजरंग महराज ने उसे भैरा से कहलवाया था। बरामदे के एक कोने में वह सोता था।

भजिया बनाने वाले को बाद में याद आया कि पत्तों के दबने से जो चरमर की आवाज़ थी, बजरंग महराज के चमरौधे जूते की आवाज़ से मिलती-जुलती थी।

ऐसा था, होटल में सोने की एक रात उसे ठीक से नींद नहीं आई थी। रात में उसे चरमर-चरमर की आवाज़ आ रही थी। जैसे बजरंग महराज चल रहे हों। चलते हुए दूर जा रहे हों। फिर इतनी दूर चले गए हों कि चरमर की आवाज़ नहीं आ रही है। बहुत देर बाद दूर से उनके पास आने की आवाज़ आती कि लौट रहे हैं। फिर आवाज़ बन्द हो जाती कि आ गए और तखत पर लेट गए। फिर इतना सन्नाटा हो जाता कि बजरंग महराज के सोने के साथ-साथ उनका जूता भी सो गया हो। कहीं ऐसा तो नहीं कि बजरंग महराज जंगल में टहलते हों और उसकी आवाज़ कमरे में आती हो! या कमरे में टहलते हों और आवाज़ जंगल में आती हो! या वे कमरे में टहलते हों तो कमरे में आवाज़ आती हो! तभी शेर जंगल में टहलने लगता हो और जंगल में आवाज़ आती हो!

एक दिन उसने बरामदे में देहरी के पास एक बड़ा-सा चमरौधा जूता देखा। यह एक जूता बरामदे में कैसे आ गया? दूसरा जूता कहाँ है? यह किसका अकेला जूता है? काले रंग का मटमैला? जूते के चमड़े में झुर्रिया थीं कि बहुत पुराना है। बूढ़ा जूता। बजरंग महाराज

इतने बूढ़े नहीं होंगे। बजरंग महराज के पिता का होगा। खानदानी जूता। जूते के तले में चौड़े मत्थे के खीले ठुके थे कि तला घिसे नहीं। परन्तु इस कारण जूता ऐसा था कि शेर को जूते से मारें तो वह भी मर जाए–यह किसी ने कहा नहीं था। यह किसी ने सोचा भी नहीं था। बजरंग महराज के साथ सन्दर्भ बन सकता है ?

बजरंग महराज को बरामदे में आया हुआ कभी देखा नहीं गया था। तब जूता क्या खुद चलकर आया होगा ? अकेला जूता। दूसरा जूता खुद चलकर कहाँ गया ? बजरंग महराज का जूता उनके पालतू जैसा ! उनके 'आ, आ' कहकर बुलाने से शायद आ जाए। उस जूते की ऐड़ी में खड़ी पूँछ जैसी चमड़े की पट्टी थी। जूते के मुँह में पैर डालने की सुविधा के लिए या खीले में टाँगने के लिए अथवा उँगली में लटकाकर चलने के लिए। इस तरह के जूते बेचने वाले इसी से जोड़ी में सुतली बाँधकर कँधे में लटका लेते थे। पहनने का समय होते ही ये पालतू जूते इसे पूँछ की तरह हिलाते होंगे ?

भजिया बनाने वाला काम में लग गया था। होटल में ग्राहक थे। तब एक ग्राहक ने भी जूते को चलते हुए देखा। कमरे के अन्दर से जूते को बुलाने धीरे-धीरे 'आ, आ' की आवाज़ आ रही थी। और देहरी लाँघ कर जूता अन्दर चला गया। तब ग्राहक प्लेट में चाय डालकर चुस्की ले रहा था। वह इतना अचम्भित था कि उसकी केवल एक खिंची साँस के साथ प्लेट की पूरी चाय गले के अन्दर चली गई। उसे यह मालूम नहीं पड़ा था कि उसने चाय पी। शायद उसने चाय की साँस ली थी। इसके बाद उसकी साँस कुछ देर के लिए रुक गई थी। यदि उसकी साँस नहीं रुकती और वह फिर साँस छोड़ता तो चाय की साँस छोड़ता। अगर वह इस बात को किसी से बताता तो उसकी बात पर विश्वास नहीं होता। होटल से बाहर निकलते ही उसे भी ठीक से विश्वास नहीं हो रहा था कि क्या उसने सच में ऐसा देखा था ?

इसके बाद वह जब भी चाय पीने आता तो जूते को इधर-उधर

देखता कि चलते हुए कभी दिख जाए। कुछ ग्राहक बरामदे में चढ़ने के पहले जूते उतारकर हाथ-पैर धोते तो जूते को वहीं बरामदे के बाहर छोड़ देते कि पैर गीले हैं।

एक बार एक ग्राहक के जूते नहीं मिले। धोखे से कोई पहन कर चला गया होगा। तब जिसने चमरौधे जूते को चलते हुए देखा था, उसने उस आदमी से पूछा, ''आपके जूते खो गए ?''

''हाँ, भाई,'' उसने कहा।

''अपने आप कैसे खो सकते हैं !'' उसने आश्चर्य प्रकट किया जिसने जूतों को चलते हुए देखा था।

''अपने आप क्यों खोएँगे ? जूते तो मुझसे खो गए हैं।'' जिसके जूते थे उसने कहा, पर उसे कुछ समझ में नहीं आया कि बात का मुद्दा क्या है।

''तो फिर ?'' उसने पूछा जिसके जूते खो गए थे।

''आपको पैर से उतारना नहीं था। आप जहाँ जाते हैं, जूतों को भी वहीं जाना पड़ता है क्योंकि आप उसे पहने हुए होते हैं। जूते अपने मन से भी कहीं जाना चाहते हैं। चले गए होंगे। पालतू नहीं हुए होंगे। इसलिए लौटकर नहीं आए। कितना पुराना जूता है ?''

''नया जूता था।''

''पुराना होता तो पालतू हो जाता। अब आप क्या करेंगे ?''

''दूसरा जूता लूँगा। उतारूँगा नहीं। यदि उतारना पड़ा तो उतारकर झोले में डाल दूँगा। झोले के मुँह को बाँध दूँगा,'' यह कहकर जिसके जूते गुम हो गए थे, नंगे पैर चला गया।। पर मालूम नहीं क्यों उसे लगने लगा था कि रास्ते में उसके जूते मिल जाएँगे। पहले दाहिना जूता मिलेगा जिसका तला अधिक घिस गया था। फिर बायाँ जूता। बाँया जूता सड़क के किनारे घास में छुपा होगा। दोनों जूते मन ही मन यह कहते हुए कि अचानक जाना पड़ गया, लौटने में देर हो गई, क्षमा कर दें। हमें पहन लें।

इस बीच भैरा ने गड्ढे की दीवाल में उपर पैर रखने और हाथ की पकड़ के लिए खाँचा खोदना शुरू कर दिया था। उसने अंदाज लगाया था कि कैसे पैर रखेगा। खाँचा बनाने के लिए उसने एक नुकीला पत्थर ढूँढ़ लिया था। यह काम वह मुरम की सीढ़ी के पास कर रहा था कि थोड़ा उठकर टूटी सीढ़ी के उपर बची अच्छी सीढ़ी पर पैर रख सके। यह विचार आते ही उसकी नींद चली गई। खोदते हुए उसे लगा कि सभी पत्थरों को एक के ऊपर एक रखकर वह ऊँचा हो सकता है। गड्ढे के पत्थरों को इकट्ठा कर उसने उन्हें जमाकर पैर रखने के लिए एक ऊँची जगह बनाई। हाथ की पकड़ के लिए उसने खाँचा खोद लिया था। मुरम की सीढ़ी बाईं तरफ थी। काम पूरा कर वह पत्थरों पर खड़ा हुआ और ऊपर के खाँचे पर दाहिना पैर तथा हाथ के खाँचे पर दाहिना हाथ रखते हुए झटके से उचक सीढ़ी पर बायाँ पैर रखा। वह खड़ा ही हुआ, तभी सीढ़ी धसकने को हुई। पर ऊपर की सीढ़ियों पर पैर रखता हुआ गड्ढे से बाहर आ गया। साथ ही बची-खुची सभी सीढ़ियाँ भसककर ढह गईं।

पिंजड़े से बाहर निकले पक्षी की तरह भैरा को लग रहा था। जब पक्षी पिंजड़े से बाहर निकलता है तब किसी भी ओर उड़ जाना उसका लक्ष्य होता है, उड़ कर चाहे दाएँ जाए या बाएँ। जितनी दूर वह उड़ेगा उतना उसे अपनी स्वतंत्रता पर विश्वास होगा। स्वतंत्रता तो पूरी होती है। थोड़ी स्वतंत्रता, स्वतंत्रता नहीं होती कि छोटे पिंजड़े से निकलकर बड़े पिंजड़े में चले गए। पक्षी की स्वतंत्रता तो

पूरा आकाश है। उससे कम नहीं। भैरा की स्वतंत्रता पूरा संसार था पर अभी उसका लक्ष्य स्कूल पहुँचना था। जब वह स्कूल की ओर दौड़ा तो उसकी दृष्टि आकाश में चन्द्रमा की तरफ गई। चन्द्रमा भी गड्ढे से निकल स्वतंत्र हो चुका था। वह अनंत आकाश अब स्वतंत्रता में था और भैरा के साथ स्कूल जा रहा था, दौड़ते। उधर बोलू, कूना के सभी मित्रों के साथ भी एक चन्द्रमा भैरा की तरफ दौड़ा आ रहा था। दोनों एक ही चन्द्रमा थे सबके साथ के। दोनों विपरीत दिशा से एक दूसरे की ओर आते हुए। जहाँ सब मिलते हैं, वहीं अपने से मिलकर चन्द्रमा भी एक था।

स्कूल की ओर सब चल पड़े थे। सभी बहुत खुश थे। भैरा सबसे अधिक। पर उसकी खुशी थोड़ी देर की थी।

''मेरा बिस्तर ?'' उसने गालों पर अपने दोनों हाथ रखते हुए दुःख से कहा। वह रुक गया और उसके साथ सभी।

''कल सुबह निकालेंगे।'' छोटू ने भैरा की आवाज में कहा।

''नहीं, अभी निकाल लेते हैं,'' भैरा ने कहा।

''कल तो छुट्टी का दिन है।'' छोटू ने बोलू की आवाज में स्कूल की ओर चलते हुए कहा।

''छुट्टी के दिन क्या गड्ढे से बिस्तर नहीं निकाल सकते ?'' कूना ने पूछा।

''छुट्टी के दिन तो निकाल सकते हैं, पर स्कूल के दिन नहीं निकाल सकते।'' प्रेमू ने कहा। उसका मन था, अभी निकाल लेते।

''चलो, अभी बिस्तर निकाल लेते हैं। भैरा रात में सो सकेगा।'' कूना ने कहा।

चौकीदार ने तभी स्कूल की घंटी में टन-टन दस बजाया।

''कितनी रात हो गई,'' बोलू ने कहा। वह गड्ढे की दिशा की तरफ चार कदम चल चुका था।

कूना ने चन्द्रमा की ओर ऊपर अपनी उँगली बढ़ाई और कहा, ''मेरी उँगली पकड़कर तुम भी चलो। इधर-उधर मत चले जाना।

रात का समय है।'' बड़बड़ाते हुए बोलू तो आगे चला गया। कूना पीछे थी।

रात का समय कितनी आसानी से पहचान में आ जाता है ! रात में चाहे चाँदनी हो, बिजली का उजाला हो, दिन के उजाले का विकल्प दिन है।

तभी लगा कि चन्द्रमा ने कूना की उँगली को छोड़ दिया है, वह बादलों के पीछे चला गया था। चन्द्रमा थोड़ी देर कूना की उँगली पकड़े रहा होगा। उजाला कम होते ही कूना को यह पता चला कि चन्द्रमा ने साथ छोड़ दिया है।

कूना ने हाथ नीचे किया और ऊपर चन्द्रमा को बादल की आड़ में देखा तो कहा, ''गड्ढे में गिर गया न। रात का समय है। तुझको भी अँधेरा देख कर चलना चाहिए।''

बादल अँधेरे का एक टुकड़ा था। चन्द्रमा को उससे बच कर चलना चाहिए।

मुरम के गड्ढे तक पहुँचने के बाद भैरा ने सबसे पहले झाँका। और कहा, ''नहीं है। कोई उठा ले गया।।''

फिर सबने झाँका और अपने देखने से ढूँढ़ा कि वहाँ बिस्तर नहीं है।

भैरा चुप था पर सोच रहा था कि अब क्या करे, तभी छोटू ने भैरा की आवाज में कहा, ''अब क्या करें ?''

भैरा फिर भी चुप रहा, तो छोटू ने भैरा की आवाज में कहा, ''डाँट पड़ेगी बजरंग महराज से।''

सब भैरा के सामने खड़े हो गए, तो भैरा ने चुप रहते हुए सिर हिला कर डाँट पड़ने की बात पर 'हाँ' कहा।

'कौन उठा ले गया होगा ?' भैरा फिर सोच रहा था। तो छोटू ने भैरा की आाज में कहा, ''भजिया बनाने वाला ले गया होगा।''

''तब तो मिल जाएगा।'' सबने खुशी से कहा। सब स्कूल की तरफ लौटने लगे।

उधर स्कूल में बोलू का रास्ता देखते सब बच्चे सो गए थे। सोने के पहले गुल-गपाड़ा करने, बोलू और उसके साथ गए मित्रों को सबने ढूँढा था। नींद में बच्चों की बड़बड़ाने की आवाज आती थी। नींद खुलती तो कुछ पूछते और उत्तर सुनने के पहले सो जाते। आपस में बात करते-करते एक सो जाता तो दूसरा भी सो जाता। होता यह था कि एक बच्चा लेटे-लेटे कहता, ''बोलू आ गया होगा। मैं देख कर आता हूँ।'' और करवट लेकर सो जाता।

तब जिससे वह बात कर रहा होता वह जवाब देता, ''बोलू, आया होगा तो उसको नींद भी आ रही होगी। वह सो गया हो। नहीं आया होगा तो जब आएगा तो बता दूँगा।'' कह कर वह भी सो जाता।

थोड़ी देर सोने के बाद पूछने वाले लड़के की नींद खुलती। वह फिर कहता, ''चलो, बोलू के पास चलते हैं।'' कहकर वह उठ कर बैठ जाता और बैठे-बैठे सो जाता।

जवाब देने वाले लड़के की नींद खुलती तो वह बैठे हुए उसे देखता, ''बोलू आया क्या ? तुम देखकर आ गए। मुझे बताया नहीं।'' फिर उसको हिलाकर जगाता, ''तुमने बताया नहीं ?''

जागकर वह कहता, ''बताया तो था कि बोलू सोया नहीं होगा वह छुट्टी के दिन की तैयारी कर रहा है। मैं सो रहा हूँ,'' कहकर वह बैठे-बैठे सो जाता।

धीरे-धीरे सब के सोने का सन्नाटा हो गया था। बड़े-बूढ़ों के खर्राटे से यह सन्नाटा बढ़ गया था।

बोलू और उसके साथी हल्ला करते हुए स्कूल की ओर जा रहे थे। बजरंग होटल पास आ गया था। प्रेमू का ध्यान गया कि बजरंग होटल से शेर के गुर्राने की सी आवाज आ रही है।

''होटल में शेर है,'' डर कर प्रेमू ने कहा। सबने सुना। भैरा ने प्रेमू के कहे को अनसुना कर दिया था।

''शेर की आवाज तो है,'' कूना ने कहा।

दौड़ कर वह बोलू के पास चली गई थी। बोलू आगे चल रहा था। उसने बोलू का हाथ पकड़ लिया था। रह-रहकर गुर्राने की आवाज थी, जैसे शेर शिकार करने के बाद संतुष्टि में सुस्ता रहा हो कि अब शिकार को खाना शुरू करेगा। बोलू बिलकुल डरा नहीं था। भैरा भी डरा नहीं था जबकि सब डरे थे। भैरा ने गुर्राने की आवाज को भी अनसुना कर दिया था।

होटल के अन्दर किसका शिकार शेर करेगा ? बजरंग महराज का तो सवाल ही नहीं होता। और बजरंग महराज के रहते होटल में शेर घुस भी नहीं सकता। ऐसा तो नहीं, बजरंग महराज कहीं चले गए हों और शेर ने भजिया बनाने वाले का शिकार कर लिया हो ! सब इसी तरह की बात सोच रहे थे।

''शेर को मालूम होगा कि बजरंग महराज होटल में नहीं हैं।'' बोलू ने जोर से कहा।

इससे सब डर गए। जोर से कहने के कारण बोलू आगे जाकर खड़ा हो गया था। सब उसके पास आ गए तो बोलू ने फिर एक-एक शब्द रुक कर कहा और एक-एक शब्द कूदता हुआ चला, ''शेर-ने-भजिये-का-शिकार-किया हो !''

'हो' कहने के बाद वह रुका और हँसने लगा था। फिर जब सब उसके पास आए तो बोलू ने भैरा का हाथ पकड़ा और भैरा का हाथ पकड़े चलते-चलाते कहा, ''शेर पहले भजिये का शिकार करता है फिर भजिया खाता है।''

''शेर, भजिया जहाँ बनती होगी उसके पास की चट्टान के पीछे छुपा रहता होगा। गरम-गरम भजिया झारा भरकर भजिया बनाने वाला थाले में डालता होगा तभी शेर छलांग लगा कर वहाँ कूदता होगा। डर कर सब भागे होंगे। शेर अपने पंजे के नाखून भजिये के ढेर में गड़ा देता होगा। जब पंजा उठाता होगा तो एक-एक नाखून में एक-एक भजिया गड़ा रहता होगा। तब शेर खाता होगा।'' यह दृश्य काँटे से भजिया खाने जैसा हो।

बोलू ने पूछा, ''भैरा, सुन। अनसुना मत करना। होटल से क्या शेर के गुर्राने की आवाज आ रही है ?'' यह कहते हुए फिर भैरा का हाथ पकड़े हुए आगे चला था।

''होटल से शेर के गुर्राने की आाज नहीं आ रही है।'' भैरा ने कहा।

सबने जोर से एक साथ पूछा, ''तो किसकी आवाज आ रही है ?'' यह कहने के बाद सब वहीं खड़े रहे थे केवल बोलू आगे जाकर अलग खड़ा था।

तब भैरा ने कहना शुरू किया और कहते हुए बोलू की तरफ बढ़ना शुरू किया, उसके साथ-साथ सभी बोलू की तरफ बढ़ रहे थे। भैरा कह रहा था, ''गुर्राने की आवाज पिताजी के खर्राटे की है।'' भैरा ने बहुत जोर से नहीं कहा था तब भी सबने साफ सुना, और खर्राटे की आवाज को भी सबने ध्यान से सुना कि गुर्राने की आवाज नहीं है।

''कहीं ऐसा तो नहीं कि शेर ही खर्राटे ले रहा हो !'' कूना ने पहले की तरह डरी हुई कहा।

''शेर अगर सो रहा है तो डरने की क्या बात है ?'' बीनू ने धीरे से कहा कि शेर न जाग जाए।

''डरो मत, पिताजी खर्राटे ले रहे हैं,'' भैरा ने धीरे से कहा। वह भी डरा था। शेर जाग जाएगा इसलिए नहीं पिताजी जाग जाएँगे इसलिए।

बोलू कह रहा था, ''अभी तक सुबह नहीं हुई है।''

सबने सिर हिला कर कहा—हाँ, अभी तक सुबह नहीं हुई है।

तब बोलू गा रहा था :

''एक जंगल में क्षितिज के पास
जहाँ सुबह रहती है—
वहाँ से सुबह को लाकर
छुट्टी के दिन होटल में

बजरंग महराज को जगाएँगे।
नहीं छुट्टी के दिन
सुबह को चाय और भजिया खिलाएँगे।
सुबह से छुट्टी का दिन
संध्या तक बिताएँगे
सुबह को जाने न देंगे
पड़ोस के पूरब में बसाएँगे।
छुट्टी के दिन बाद
सुबह जब स्कूल जाएँगे
सुबह को स्कूल में
भरती कराएँगे।''

सब स्कूल की तरफ बढ़ रहे थे। बजरंग महराज को नींद में भी अपने खर्राटे लेते नथुनों से होटल के समीप खड़े भैरा की गंध आई। इससे खर्राटा बंद हो गया। खर्राटे के रास्ते पर गंध होने से रुकावट आई। सन्नाटा होते ही बच्चे लोग क्या हुआ, जैसे सन्न खड़े रहे और तभी बजरंग महराज की आवाज आई, ''भैरा!'' इस 'भैरा' कहने को बहरे लोगों ने भी सुना होगा। इसकी दूर तक गूँज थी। ''बिस्तर लेने आया है ? बरामदे की टेबल पर रखा है।'' इसके बाद शेर के दहाड़ने की आवाज कुछ देर आती रही। फिर गुर्राने की आवाज आने लगी।

'लगता है, बजरंग महराज सो गए।' सबने सोचा।

''ये पिताजी के खर्राटे की आवाज है।'' भैरा ने कहा।

''भैरा, तुम अपना बिस्तर ले आओ,'' बोलू ने होटल की तरफ बढ़ते हुए कहा।

बजरंग महराज की तरफ एक-एक कदम बढ़ने से खर्राटे की आवाज भी बढ़ रही थी। सब दबे पाँव चल रहे थे। बरामदे के नीचे सब खड़े हो गए, अकेला भैरा बरामदे में चढ़ा। अँधेरा था। बिजली नहीं थी। एक टेबल पर कुछ अधिक अँधेरा से लिपटा हुआ जैसा

बिस्तर था, इसलिए दिख गया। भैरा ने उसे बगल में दबाया।

''जा रहा है ?'' बजरंग महराज ने पूछा।

यह सुनकर बरामदे से उतरते-उतरते भैरा गिरने से बचा। भैरा जानता था कि उनको जब जागना आवश्यक होता है, वे जाग जाते हैं।

सब स्कूल की तरफ दौड़ने जैसा चल रहे थे। तब कूना ने देखा, चन्द्रमा बादल में छुपा था। थोड़ा सा निकला हुआ होटल की तरफ झाँक रहा था।

कूना ने चन्द्रमा से कहा, ''शेर नहीं है।''

और चन्द्रमा सचमुच बादल से बाहर आ गया कि शेर नहीं है।

कूना ने चन्द्रमा से कहा, ''शेर से डरता है ?''

आगे चलते हुए बोलू गुनगुना रहा था।

स्कूल में सब सो रहे थे। बोलू की माँ भी सो रही थी। बोलू के लिए जगह छोड़ कर सो रही थी। वहाँ बोलू सो गया।

वहीं पास में कूना की माँ भी सो रही थी। कूना की माँ भी कूना के लिए जगह छोड़कर सो रही थी। कूना उस छोड़ी हुई जगह पर जा कर पौढ़ गई और तुरंत सो गई।

कूना ने सपना देखा। कूना का शायद यह पहला सपना था। कूना ने पहले भी सपना देखा हो और सुबह भूल गई हो कि सपना देखा था। कल सुबह उठकर वह फिर इस सपने को भूल जाए। और कभी सपने की बात हो तो कहे, उसने सपना कभी नहीं देखा और उसे कोई अपना सपना दिखा दे, या सपना देखना सिखा दे !

कूना सपने में देख रही थी कि बोलू उसे कूना कहकर बुला रहा है। वह बोलू को अनसुना कर रही है। पर एक लड़की जो उसके बराबर है और वैसी ही दिखती है, जैसी वह दर्पण में दिखती है, बोलू के बुलाने से बोलू की तरफ जा रही है। वह बोलू की तरफ वैसे ही जाती है जैसे वह अपने को दर्पण में जाते हुए देखती है और वह, बोलू जो दर्पण में दिख रहा है, के पास जाकर खड़ी हो जाती है फिर सोई

हुई कूना स्वप्न के दर्पण में अपने को बौना पहाड़ पर देखती है। वहाँ बोलू, प्रेमू, भैरा, बीनू को देखती है। वह दर्पण की कूना से पूछती है कि छोटू कहाँ है ? दर्पण की कूना उसे अनसुना कर देती है और बौने पहाड़ के शिखर पर गहराई के मुख के पास जाकर खड़ी हो जाती है। बोलू और सभी उसके साथ होते हैं।

दर्पण की कूना कहती है, ''हाथ पकड़कर अपन ही रस्सी बनाते हैं। लंबाई से नीचे तक जाते हैं। भैरा सबसे भारी है। वह लेटा हुआ सबके वजन को सम्हाले ऊपर रहेगा। जिसका सबसे कम भार होगा वह पहले नीचे उतरेगा।''

स्वप्न के दर्पण में कूना को दिख रहा था कि कूना का हाथ बोलू ने पकड़ा। बोलू सम्हले हुए लेट गया और कूना गहराई में लटक गई। लेटे हुए बोलू का पैर छोटू दबाये बैठ गया। लटकी हुई कूना के वजन से बिना बोले बोलू आगे खिसका जिससे कूना थोड़ा और नीचे चली गई। धीरे-धीरे बोलू कूना के वजन से आगे खिसकता रहा। छोटू बोलू का पैर पकड़े लेट गया। छोटू का पैर बीनू ने पकड़ा। फिर बीनू छोटू का पैर पकड़े लेट गया। बीनू का पैर प्रेमू ने पकड़ा। भैरा प्रेमू का पैर पकड़ने के लिए तैयार हो गया। और आखिर में भैरा ने प्रेमू का पैर पकड़ा। सबको सम्हाले हुए भैरा था। कूना के बाद बोलू नीचे चला गया था।

भैरा ने प्रेमू से कहा, ''तुम अपने को नीचे जाने दो।'' आगे खिसक कर भैरा ने थोड़ी ढील दी। इन सबके बाद प्रेमू नीचे चला गया और अकेला भैरा सबके वजन को थामे ऊपर पेट के बल लेटा हुआ था।

सबसे नीचे लटकी कूना कुछ बोल नहीं रही थी। पता नहीं, कूना को क्या दिख रहा हो !

बोलू ने कूना से पूछा, ''कूना, कुछ दिख रहा है ?''

कूना भर सीधी लटकी थी बाकी सब उलटे थे।

उलटे लटके हुए बोलू ने चलने के लिए अपने पैर हिलाए।

इससे वह थरथराने जैसा हिला। बोलू का पैर पकड़े छोटू ने भैरा की आवाज में कहा, ''बोलू, तुम कुछ मत बोलो, तुम्हारा पैर छूट जाएगा।''

बोलू के बोलने से सब एक साथ थरथरा गए। हिलने से अधर में लटकी कूना गहराई की दीवाल से टकराते बची। गहराई में कुछ नीचे तक ऊपर का उजाला आ रहा था। कूना को मधुमक्खी का छत्ता दिखा। कूना ने जोर से कहा, ''मधुमक्खी का छत्ता दिख रहा है। बोलू, चुप रहना, नहीं तो हिलने से मेरा हाथ छत्ते से टकरा जाएगा।''

बोलू चुप रहा।

छोटू ने सुन लिया था। उसने कूना की आवाज में कहा, ''मधुमक्खी का छत्ता दिख रहा है।''

सबने ऐसे सुना कि कूना को सुन रहे हैं। भैरा ने भी सुना। अभी वह कुछ भी अनसुना करना नहीं चाहता था।

''छत्ते में मधुमक्खी नहीं है।'' कूना ने कहा।

छोटू ने कूना की आवाज में कहा, ''छत्ते में मधुमक्खी नहीं है।''

यह सुनकर भैरा बहुत खुश हो गया। खुशी में वह मधुमक्खी के छत्ते को स्वयं देखने की इच्छा में कुछ आगे खिसक गया।

बोलू को भी मधुमक्खी का छत्ता दिखा, पर वह चुप रहा।

छोटू का हाथ बोलू और कूना को पकड़े रहने के भार से दुखने लगा। उसे समझ में नहीं आ रहा था कि वह किसकी आवाज में कहे कि उसका हाथ दुख रहा है और सबको मालूम हो जाए कि छोटू का हाथ दुख रहा है। उसने कहा, ''बीनू, मैं छोटू हूँ, बोलू की आवाज में बोल रहा हूँ। मेरा हाथ दुख रहा है। मैं अधिक देर तक बोलू और कूना का भार नहीं उठा सकता। तुम प्रेमू से बोलो कि वह हम लोगों को ऊपर खींच ले।''

बीनू का हाथ भी दुखने लगा था। उसने प्रेमू से कहा, ''भैरा से

बोलो, हम लोगों को ऊपर खींच ले। सबका हाथ दुख रहा है।''

प्रेमू ने भैरा से कहा।

भैरा ने कहा, ''अच्छा, खींचता हूँ।''

भैरा के पीछे जमीन थोड़ी ऊबड़-खाबड़ थी। सबका भार थामे वह पहले पीछे खिसक नहीं पा रहा था। प्रेमू से उसने कहा, ''पीछे खिसकते नहीं बन रहा है।''

प्रेमू ने यही बीनू से कहा। बीनू ने छोटू से कहा। रोते-रोते छोटू ने बोलू को बताया और कहा, ''तुम मत बोलना।''

भैरा की कुहनी में पत्थर गड़ते थे। बाहर आते-आते प्रेमू की नाक और ठुड्डी छिल गई। प्रेमू बीनू के पैर पकड़े हुए था। भैरा प्रेमू के पैर थामे हुए अब बैठ गया था। दोनों ने मिलकर बीनू को बाहर निकाला। सभी बाहर आ गए। घुटने सभी के छिल गए थे। कूना का बाहर आने का मन नहीं था। वह हाथ-पैर हिलाते लटकी झूलती हुई कह रही थी कि बाहर नहीं आऊँगी। उसने बोलू का हाथ छोड़ दिया था कि वह गहराई को देखना चाहती है। परन्तु बोलू ने उसका हाथ नहीं छोड़ा था। यहीं उसकी नींद खुल गई और वह सपने से भी बाहर आ गई। परन्तु जागने पर वह अपना सपना नींद में भूल आई थी। उसे सपना याद नहीं था। स्कूल में भी सब बच्चों ने सपना देखा था।

जब बच्चे मिले तो सबने चिल्लाया, ''हमने सपना देखा।''

केवल कूना ने नहीं चिल्लाया। उसने कहा, ''मैंने आज तक सपना नहीं देखा। कोई मुझे सपना दिखा दो। अपना ही सपना दिखा दो।''

छुट्टी के दिन की शुरुआत हो चुकी थी। और सबकी नींद देर से खुली, बल्कि शायद सभी ने सपने सुबह-सुबह देखे थे। बोलू ने भी सपना देखा। सपना उसे याद था। उसने देखा था कि वह चुपचाप चल रहा है। और उसे दूर से अपने बोलने की आवाज आ रही है।

बोलू ने जब अपना सपना सबको सुनाया तो छोटू ने कहा, ''सपने में मैं बोलू की आवाज में बोल रहा होऊँगा, जिसे सुनकर

बोलू बिना बोले चल रहा होगा,'' छोटू ने बोलू की आवाज में कहा।

परन्तु बोलू चला नहीं। वह खड़ा था और जम्हाई ले रहा था।

प्रेमू ने कहा, ''छोटू, तुम अपने सपने में जोर-जोर से बोल रहे होगे जो बोलू के सपने तक सुनाई दिया।''

''मैं छोटू के पास था। मेरे सपने में छोटू का बोलना क्यों नहीं सुनाई दिया ?'' बीनू ने कहा।

''तुम बोलू से दूर थे। और छोटू बोलू की आवाज में बोल रहा था। छोटू अपनी आवाज में बोलता तो तुमको सुनाई देता क्योंकि छोटू तुम्हारे समीप था,'' प्रेमू ने कहा।

''भैरा अभी तक नहीं उठा। चलो, उसे उठाते हैं।'' भैरा की तरफ जाते हुए बोलू ने कहा।

''वह बहुत थका है। नहीं उठेगा,'' कूना ने कहा।

''क्यों थका है ?'' बोलू ने कहा।

सभी बच्चे बोलू और कूना की बात सुनते बरामदे में चल रहे थे।

स्कूल का परिसर माँ, दादा, चाचा, बाबा, अजिया, बुआ, मामा, गाय, बछरू आदि से खाली हो चुका था। कूना का घोड़ा भी नहीं था। सुबह होते ही सब स्कूल से चले गए थे। इनके कारण स्कूल रात में घर जैसा था।

अब स्कूल था। गुरुजी अपने काम पर लगे थे। एक गुरुजी निकल कर एक खाली कक्षा की ओर जा रहे थे। जाते-जाते रुक गए। उन्हें लगा, कूना कुछ कहना चाहती है। फिर लगा, कूना कुछ नहीं कह रही है तो उन्होंने कहा, ''अच्छे सपने सच होते हैं।'' यह कह कर वे कक्षा में घुस गए।

कूना कहना चाहती थी कि उसने सपना कभी नहीं देखा, पर तब तक गुरुजी चले गए थे।

बच्चे छुट्टी के दिन की सुबह जल्दी उठना चाहते थे, नहीं उठ सके। पर बीती रात उनकी छुट्टी के दिन में शामिल हो गई थी और देर

सुबह तक देखा गया सपना भी। स्वप्न का अनुभव भी अनुभव तो था। किसी को तैरना नहीं आता, वह सपने में तैर कर समुद्र को पार कर ले, पर तैरना न आने के कारण तालाब में डूब जाएगा।

सबकी बातचीत हो रही थी। बोलू बात रुककर सुनता और बोलकर चल पड़ता ! उसी तरह बाकी समूह साथ में रुकता और चल पड़ता। इनको देखकर लगता कि कई पैर वाला एक कीड़ा रुक-रुककर चल रहा है। उनके कपड़ों के रंग कीड़े के रंग-बिरंगी धब्बे लगते।

कूना का घेरदार लाल लहँगा, पीला पोलका। बोलू ने हल्की बादामी पेंट और कत्थई कमीज पहन रखी है। उसका छुपा हुआ सा रंग है जो बोलू को भी छुपाता है। प्रेमू की पेंट खाकी है पर कमीज छींट की है। बीनू का साफ धुला हुआ सफेद पाजामा है। कुर्ता कत्थई है, पर बोलू की कत्थई कमीज से गहरे रंग की है। छोटू की पेंट का रंग गाढ़ा नीला है, पर उसको देखने से धोखा होता है कि नीला है या काला। उसकी कमीज धूप-छाँव वाले रंग की है। धूप में उसका रंग दूसरा होता है और छाँव में दूसरा। छोटू की आवाज में जो दुविधा है कि उसकी नहीं तो सचमुच किसकी है ? दुविधा उसके पहने हुए कपड़ों के रंग में भी है। हो सकता है, उसके बड़े होते-होते नाक-नक्श में जब-तब बदलने के गुण आ जाएँ। जैसे आज वह छोटू की तरह दिख रहा है। कल वह थोड़ा बदलकर छोटू न दिखे, छोटू जैसा दिखने लगे। पाँच दिन बाद का छोटू पाँच दिन पहले के छोटू से बदल जाए। किसी दिन वह मित्रों के पास आए और अपना परचिय दे, ''मैं छोटू हूँ।''

मित्र उसे पहचान जाएँगे क्योंकि वह कूना की आवाज में बोल रहा होगा। जानी-पहचानी आवाज में न बोले तब क्या होगा ?

भैरा वहीं गहरी नींद में सो रहा था। छाती पर दोनों हाथ रखे, हाथों में टोपी थी। टोपी छूट न जाए, इसकी चिंता नींद में भी थी।

भैरा जब सोने के लिए लेटा तो आँख मूँदते सोच रहा था कि

जब उसने अपने पिता बजरंग महराज से छुट्टी का दिन बिताने और रात को स्कूल में सोने की बात की थी तब उसने घबराहट में कहा था—छुट्टी के दिन की पढ़ाई में स्कूल सबको जाना है—जैसे माता-पिता, दादा-दादी, नाना-नानी। फिर उसके मुँह से शेर, बाघ, भेड़िया, भालू भी निकला था। उसे लगता था कि शायद उसके पिता आ जाएँ। पर शेर, बाघ, भेड़िया, भालू तो नहीं आएँगे ? सोने के पहले सब तरफ उसने देखा भी था। बजरंग महराज उसे कहीं नहीं दिखे थे।

अपनी नींद के पहले वह आँख मूँदे सपने की तरह सोचते हुए नींद में सचमुच सपना देखने लगा।

उसने सपना देखा कि वह स्कूल में अकेला जाग रहा है। सब सो रहे हैं। चन्द्रमा का कभी-कभी का अधिक उजाला बादलों के कारण चन्द्रमा के छुप जाने से कभी-कभी अँधेरा हो जाता। उसे लग रहा है कि सबने उसका साथ छोड़ दिया है। स्कूल की कक्षाओं और बरामदे के फर्श पर सब सो रहे हैं। वह अपने पिताजी को ढूँढ़ रहा है। बरामदे में आते ही उसने देखा कि अचानक चारों तरफ अँधेरा हो गया। चन्द्रमा का भी और बिजली का भी अँधेरा हो गया। थोड़ी देर बाद चन्द्रमा के बादल से निकलते ही स्कूल का बल्ब भी जल गया। उसने ध्यान दिया कि चन्द्रमा के बादल में छुपते ही स्कूल का बल्ब भी बुझ जाता है। ऐसा कैसे हो सकता है ? वह बरामदे की स्विच के पास खड़ा था। उसने अँधेरे में स्विच को टटोला। बटन को नीचे किया। बल्ब के जलने के साथ चन्द्रमा भी बादल से निकल आया। थोड़ी देर में चन्द्रमा बादल के अन्दर चला गया और साथ ही बल्ब बुझ गया। उसने टटोला कि स्विच बंद है। वह प्रसन्न हुआ। जैसे उसे एक जादू का पता चल गया है। कुछ देर तक देखता रहा कि चन्द्रमा बादल से निकलता है या नहीं। चन्द्रमा बादल से नहीं निकला। तभी उसे बोलने की आवाज सुनाई दी। ऐसा लगा कि तीन-चार लोग आपस में बात करते हुए आ रहे हैं। सब तरफ के घटाटोप अँधेरे में कुछ दिखाई नहीं दे रहा। बादल बहुत छा गए। चन्द्रमा बादलों के

अन्दर कहाँ छुपा है ? कौन आ रहा है यह देखने के लिए, वह दो कदम बरामदे में आगे बढ़ गया। चन्द्रमा को निकलने में देर होते देख भैरा फिर टटोलते हुए स्विच तक पहुँचा। भैरा ने बटन को नीचे किया। और चन्द्रमा इस तरह निकला कि वह भी बल्ब की तरह जल गया। इतना उजाला। लगता है, वोल्टेज बढ़ गया। चन्द्रमा सौ वाट के बल्ब की तरह जला, और स्कूल का बल्ब भी।

भैरा ने तब यह भी देखा कि स्कूल के मैदान में पिताजी के साथ शेर, बाघ, भेड़िया और भालू प्रवेश कर रहे हैं। बीच-बीच में भालू खड़ा होकर आदमियों की तरह आता दिखाई देता। खड़े होने के बाद भालू धीमे चलता। वह ऊँचाई में बजरंग महराज से बड़ा लगता।

एकाएक चार पैरों से चलते-चलते भालू बजरंग महराज के पास आया और दो पैरों से उनके साथ चलने लगा।

भैरा ने देखा कि पिता ने भालू के कंधे में अपना बायाँ हाथ रखा है। भालू की छाती के काले बालों में सफेद बालों का व्ही दिखाई दे रहा है। स्वप्न देखने में जूम लेंस जैसा भी था। जिससे दूर के शेर, बाघ, भालू-भेड़िया के आसपास रात के छोटे-छोटे कीड़े भी चन्द्रमा के उजाले में इधर-उधर उड़ते हुए दिखाई देते। परन्तु स्वप्न के जूम लेंस में पिता क्यों धुँधले दिखाई दे रहे हैं ? उनके साथ बाहर की रात के अँधेरे में होटल के कमरे का अँधेरा भी हो। इस अँधेरे को वे अपने साथ लेकर निकले होंगे। जैसे कमरे में दिखते हैं वैसे ही धुंधले बाहर भी दिख रहे हैं। घर से बाहर निकलते समय आदमी कुछ आवश्यक चीजें साथ लेकर निकलता है जैसे साफ देखने के लिए चश्मा, छाता, झोला, रूमाल, टोपी इत्यादि। क्या बजरंग महराज अपने न दिखने के लिए या धुँधला दिखने के लिए कोई आड़ या अँधेरा लेकर निकलते हैं ? इस आड़ या अँधेरे के बुरके के कारण भैरा तब भी उनको ठीक से देख पाया है, ऐसा कभी नहीं था।

तब भैरा गहरी नींद में सो रहा था। बोलू 'भैरा, उठ' बार-बार बोलता हुआ भैरा के चारों तरफ घूमा। कूना ने झकझोर कर उठाना

चाहा। सभी मित्रों ने एक साथ चिल्लाया, ''भैरा उठ।'' भैरा नहीं उठा।

तब बीनू ने कहा, ''भैरा नहीं उठेगा। स्कूल में था तो पढ़ाई के दिनों में सोता था।''

छोटू ने गुरुजी की आवाज में कहा, ''भैरा, सपना देख रहा है। कोई भयानक सपना है। वह सपने में अकेला है। हमें उसकी सहायता करनी चाहिए।''

''उसकी सहायता कैसे करें ?'' कूना ने जँभाई लेते पूछा।

''नींद से जगा देते हैं तो सपना टूट जाएगा।'' बीनू ने कहा।

बीनू ने भैरा का हाथ पकड़ा और उसे बैठाने की कोशिश की। सबने बीनू की सहायता की। भैरा आँख मूँदे बैठ तो गया पर हाथ के छूटते ही लुढ़क गया। और खर्राटे लेने लगा। उसके खर्राटे में कराहने की आवाज थी, जो सपने के कारण होगी।

कूना ने जम्हाई लेते हुए फिर कहा, ''उसकी सपने में कैसे सहायता करें।''

''जगाने के लिए मैं पानी लेकर आता हूँ।'' चौकीदार की आवाज में छोटू ने कहा। और भागता हुआ चला गया। इस बीच कूना वहीं पास में बिछी दरी पर सो गई। वह भी भैरा के स्वप्न को उसके साथ हो कर देखने लगी। जैसे भैरा देख रहा था। सपने की कूना सपने के भैरा के पास जाकर खड़ी हो गई। कूना ने देखा–बजरंग महराज के साथ शेर, बाघ, भालू, भेड़िया स्कूल की तरफ आ रहे हैं। वह डर गई।

''तुम लोग अभी आ रहे हो ? सो रहे थे ?'' भैरा ने कहा।

''मैं अकेले आई हूँ। हम लोग जाग गए थे। सपने में तुम्हारी सहायता करने मैं फिर से सो गई। सब तुमको जगा भी रहे थे। तुम जागे नहीं।''

''मैं तो जाग रहा हूँ। तुम भी जाग रही हो,'' भैरा ने कहा। उसे लगा कि वह सपना नहीं, सच्चाई देख रहा है।

और कूना को अपना जागा हुआ सपने में याद आ रहा था। वह बोलू और सबको यह कहना चाहती थी कि सब लोग भी सो जाएँ और भैरा के साथ उसके सपने में आ जाएँ। सपने में उसने सबको आवाज दी पर उन तक आवाज नहीं पहुँची।

उधर सपना देखती सोई हुई कूना को बोलू 'कूना, उठो' कहता और दो तीन कदम पीछे हट जाता। फिर 'कूना, उठो' कहता और कूना के पास आ जाता। बोलू सोई कूना के पास आकर बैठ गया तो सब बैठ गए।

''अब क्या करें'' बोलू को छोड़ सबने कहा।

बोलू को जम्हाई आई तो देखा-देखी सबको आई।

''छुट्टी के दिन क्या करना है ?'' छोटू ने बोलू की आवाज में पूछा।

बोलू की आवाज सुनकर सबने बोलू की तरफ देखा। तब तक बोलू सो गया था। यह देख सब एक-एक कर लेटे और सो गए। और सभी कूना और भैरा के साथ वही सपना देखने लगे। और सपने में साथ शामिल हो गए। कूना, बोलू को सपने में आया देख ताली बजाने लगी थी। भैरा निश्चिंत हो गया था। सब सोच रहे थे कि अब उन्हें क्या करना है।

स्कूल के बल्ब के चारों तरफ कीड़े झूम रहे थे। चन्द्रमा का उजाला उन लोगों पर फोकस की तरह पड़ रहा था। चन्द्रमा का एक प्रकाश स्तंभ उनको अपने केन्द्र में रखे साथ चल रहा था। उस प्रकाश स्तंभ में झूमते हुए कीड़े नीचे धरती से लेकर चन्द्रमा तक दिखाई दे रहे थे। ऐसा लगता कि कीड़े चन्द्रमा से टकरा जाना चाहते हैं। भालू के बालों में कीड़े फँस जाते थे।

बजरंग महराज ने भैरा को देखकर गड़गड़ाती आवाज में कहा, ''भैरा, हम लोग आ रहे हैं।'' शेर और बाघ ने दहाड़ा, भेड़िया भी चिल्लाया। बिजली कड़कने लगी थी। चन्द्रमा घने बादलों में छुप गया। और साथ में बल्ब भी बुझ गया। लगा कि घने काले बादलों का

एक रेला तेजी से स्कूल के ऊपर और स्कूल के अन्दर भी आकर छा गया। बोलू और उसके सभी साथी अँधेरे में।

''बिजली भी चली गई और चन्द्रमा भी नहीं।'' बोलू ने कहा। कहते हुए बोलू भैरा से जा टकराया। भैरा बरामदे की दीवाल से टकराया। दीवाल न होती तो वह गिर पड़ता।

''लगता है, बोलू टकराया है।'' भैरा ने कहा।

''बोलू, तुम अँधेरे में कुछ मत बोलना।'' कूना ने कहा।

बीनू ने कहा, ''सब वहीं खड़े रहो।''

''बिजली जलाओ,'' भैरा ने कहा। वह दीवाल में स्विच टटोल रहा था। कूना स्विच नहीं टटोल रही थी। उसे मालूम था कि स्विच तक उसका हाथ नहीं पहुँचेगा।

''बिजली चली गई है,'' बोलू ने कहा और वह स्विच के पास के आले तक पहुँच गया था।

भैरा बोलू से टकरा जाने से अपनी जगह से हट गया था। इससे उसका स्विच का अनुमान गड़बड़ा गया था। वह स्विच को टटोल नहीं पा रहा था।

''बोलू, तुम कुछ बोलना मत। नहीं तो मुझसे टकरा जाओगे।'' भैरा ने कहा।

''नहीं बोलूँगा,'' कहकर बोलू आले पर चढ़ गया। आसपास वहाँ बैठे कबूतर फड़फड़ा कर उड़े।

''स्विच को टटोलो। और बटन को नीचे करो तो चन्द्रमा भी जल उठेगा और बल्ब भी।'' भैरा ने कहा।

बोलू का अंदाज ठीक था। आले पर चढ़ने से उसका हाथ स्विच तक पहुँच गया था। उसने बटन को नीचे किया और चन्द्रमा जल उठा, बल्ब भी। सब इकट्ठे हो फिर बाहर देखने लगे। बजरंग महराज, भालू, शेर, बाघ, भेड़िया कोई नहीं दिखा। ये लोग अँधेरे में कहाँ चले गए ? तभी झमाझम जोर से पानी गिरने लगा। चन्द्रमा के तेज प्रकाश में रात का हलका नीलापन था। और गिरती हुई बौछारें

पानी की बौछारें नहीं लग रही थीं। प्रकाश की बौछारें लग रही थीं।

''चलो, इस बरसात में भींगे।'' बोलू ने कहा। सबने रोकना चाहा पर बोलू कह देने के साथ बाहर निकल चुका था।

चमकदार बरसात में बोलू भींग रहा था। चन्द्रमा के प्रकाश का एक स्तंभ बोलू के ऊपर स्थिर हो गया। बोलू भींग कर और चमक रहा था। तभी स्कूल के रोशनदान से एक कबूतर उड़ते-उड़ते बाहर आया। प्रकाश स्तंभ के अन्दर बोलू के सिर के ऊपर कुछ देर पंख फड़फड़ाता रहा फिर उसी प्रकाश स्तंभ की परिधि में ऊपर उड़ते हुए चन्द्रमा की तरफ जाने लगा।

बोलू भी अपना दाहिना हाथ ऊपर उठाते कबूतर के पीछे-पीछे चन्द्रमा की तरफ जाने लगा। जैसे ऊपर तेजी से जाने के लिए प्रकाश की लहर को काट रहा हो।

''बोलू, मत जा,'' सबने चिल्लाया।

ऊपर जाते हुए बोलू की दृष्टि ऊपर चन्द्रमा की तरफ थी। इसके साथ-साथ ही चन्द्रमा का प्रकाश स्तंभ सिमटता हुआ ऊपर चन्द्रमा की तरफ जाने लगा। जैसे यह प्रकाश का जाल था जिसे चन्द्रमा ने फेंका हो। बोलू को फँसाकर चन्द्रमा ने जाल समेट लिया। कहीं ऐसा तो नहीं—बजरंग महराज, शेर, बाघ, भालू, भेड़िया भी चन्द्रमा की जाल में फँस गए हों, या कहीं होंगे और दिख न रहे हों ? छुपे बैठे होंगे ? स्कूल में कोई जगह ढूँढ़ ली होगी। किसी अँधेरे कोने में लेट गए होंगे। यह सच है कि बजरंग महराज को किसी ने पास से उजाले में स्पष्ट नहीं देखा। वे दूर से धुँधले दिखते। पास आते-आते अधिक धुँधले होते जाते। कुछ और पास होने की एक स्थिति में अदृश्य हो जाते हों ! तब भी दूर रहते हों ! उनको किताब पढ़ने का चश्मा लगाकर ढूँढ़ा जाए ?

स्वप्न अब एक अथाह सागर था जिसमें ये सब एक बाँसों के बने ठट्ठर की नाव में थे। दूर तक कोई जमीन नहीं थी। पूरे बाँस को तल तक गड़ा बाँस से ठेल कर नाव को खे रहे थे। कुछ ऐसा हुआ कि

समुद्र में ऊँची-ऊँची लहरें उठीं। ऊपर वही बड़ा सा चन्द्रमा था। जब लहरें उठतीं तो इनकी ठ्ठर नाव को उठाकर चन्द्रमा के पास तक ले आतीं। तब कूना को चन्द्रमा पर भटकते हुए बोलू दिखाई दे जाता। वह चिल्लाती, उँगली उठाकर कहती, ''वो देखो, बोलू दिख रहा है।'' बोलू चलते हुए दिखा। वह कुछ बोल रहा होगा। अब वे उस लहर का रास्ता देख रहे थे जो चन्द्रमा तक ऊपर उठती और वे बोलू से चिल्लाकर कहते, ''नाव पर कूद जाओ बोलू।'' पर बोलू कूद नहीं पाता और लहर नीचे चली जाती। अब की बार ऐसा करेंगे कि हम लोग चन्द्रमा पर कूद जाएंगे–ऐसा सब लोग तय करते हैं। कूना तैयार थी। लहर ऊपर उठी। कूना चमकते हुए चन्द्रमा पर कूद पड़ी। तब बोलू नाव पर कूद पड़ा। परन्तु न तो कूना चन्द्रमा पर कूद पाई, न बोलू नाव पर कूद सका। इसे भैरा, बीनू, प्रेमू, छोटू सबने देखा। फिर तूफान शांत हो गया। समुद्र का जल तालाब के जल जैसा शांत हो गया था।

सब दुखी थे। रो रहे थे। और एक दूसरे को ढाँढस बँधा रहे थे। परन्तु हुआ यह था कि जब बोलू नाव पर कूदा तो वह हरी घास की छप्पर पर गिरा। और कूना जो चन्द्रमा पर कूदना चाहती थी वह भी हरी घास की छप्पर पर गिरी। दोनों पास-पास गिरे थे।

कूना ने बोलू से पूछा, ''यह चन्द्रमा की घास है ?''

''नहीं, हम लोग हरी घास की छप्पर पर हैं।

''लेकिन मैं तो चन्द्रमा पर कूदी थी।''

''तुम थोड़ा चूक गईं। हरी घास की छप्पर के पास ही चन्द्रमा निकलता है।'' दोनों टहल रहे थे।

तभी बहुत प्राचीन आवाज आई, ''छप्पर पर कौन है। बिल्ली है क्या ? बिल्ली है तो म्याऊँ बोले।''

कूना ने सोचा कि मैं कूना हूँ, बोलूँगी तो गुस्सा होंगे। तो उसने झूठ बोल दिया, ''म्याऊँ।''

बोलू ने देखा तब कूना, सचमुच बिल्ली बन गई। बोलू ने कूना

को गोद में ले लिया। वह घबरा गया था। उसने कहा, ''मैं बोलू बोल रहा हूँ।'' वह छप्पर के किनारे खड़ा था। बोलते हुए वह चला तो धड़ाम से कूना को लिए धरती पर गिर पड़ा। बोलू अत्यंत बूढ़े और अत्यंत बूढ़ी के सामने गिरा था। दोनों दरवाजे के सामने उकड़ूँ बैठे थे। उनके पास एक पीतल का गगरे जैसा बड़ा लोटा रखा था। दोनों दतौन कर रहे थे। ''सुबह हो गई ?'' कहते हुए बोलू उनके पास गया।

''नहीं, तुम्हारी सुबह अभी नहीं हुई। हमारी सुबह आधी रात को हो जाती है। आधी रात से उठे हैं। तब से दतौन कर रहे हैं। तुम्हारी सुबह होते तक यह दतौन, दाँतों को घिसते-घिसते पूरी घिस जाएगी। बोलू ने देखा, दोनों की बची हुई दतौन उनके हाथ से होते हुए धरती पर अभी दस फीट लंबी पड़ी थी। बोलू के हाथ से बिल्ली छूटकर भागना चाहती थी। बोलू सोच रहा था कि कैसे बिल्ली फिर से कूना बन जाए।

बूढ़ी ने पूछा, ''छत पर तुम कूदे थे कि बिल्ली कूदी थी ?''

बोलू ने कहा, ''दोनों कूदे थे। मैं चन्द्रमा से समुद्र की नाव पर कूना के पास कूदना चाहता था और कूना चन्द्रमा पर मेरे पास कूदना चाहती थी। दोनों कूदे और दोनों चूक गए और आपकी छप्पर पर गिर पड़े।''

''बिल्ली तुम्हारी पालतू है ?''

''हम दोनों एक ही स्कूल मे पढ़ते हैं।''

''बिल्ली तुम्हारे साथ पढ़ती है या बिल्ली तुम्हारे पाठ्य पुस्तक में है ?'' बूढ़े ने मुस्कुराते हुए पूछा। बूढ़े के दाँत चमक रहे थे।

''बिल्ली मेरे पाठ्य पुस्तक में तो है। और यह मेरी कक्षा में नहीं है। दूसरी कक्षा में पढ़ती है।''

बोलू को याद आया कि अत्यंत बूढ़े ने उसे एक बार गोद में लिया था। और उन्होंने माथे पर हाथ फेर मुस्कुराकर आशीर्वाद भी दिया था। और मुँह में उनके दाँत नहीं थे।

''आपके तो दाँत हैं।'' बोलू ने कहा। बोलू हर बार बोल कर आगे बढ़ जाता था। फिर बोलकर लौट आता था। ''एक बार मैंने आपको देखा था तब आपके दाँत नहीं थे।'' बोलू ने अत्यंत बूढ़े से कहा।

''वे मेरे बड़े भाई हैं जिनके दाँत नहीं हैं। उनको तुमने देखा होगा। वे लाठी टेक कर चलते हैं। मुझसे डेढ़ सौ साल बड़े हैं।''

उनके पास बैठी बूढ़ी ने तब टोका, ''डेढ़ सौ साल नहीं, एक सौ छिहत्तर साल बड़े हैं।''

''वे क्या घर पर नहीं हैं ?'' बोलू ने उनके पास आते हुए पूछा।

''वे घर पर नहीं हैं। टहलने गए हैं।''

''इतनी रात को ?'' बोलू ने आश्चर्य से पूछा। और वह उनके और पास आ गया।

इसी समय बिल्ली बोलू की गोद से कूद कर अत्यंत बूढ़ी की गोद में चली गई। वे उसे बाएँ हाथ से सहलाने लगीं। दूसरे हाथ से वे दतौन तो कर ही रही थीं। ''उनके लिए रात क्या, दिन क्या। वे रोज, जब उनकी सुबह होती है तो भूत काल से भविष्य काल तक कुछ देर टहलते हैं। सुनो, उनकी लाठी की खटखट की आवाज दूर से आ रही है। वे अभी भूत काल से आ रहे हैं। हमारे सामने निकलेंगे, वर्तमान को पार करेंगे और उधर से भविष्य में प्रवेश करेंगे।'' उन्होंने अपना दतौन उठाकर एक ओर इशारा किया।

''मैं भविष्य की तरफ जा सकता हूँ ?'' बोलू ने पूछा।

''तुम रुके कहाँ हो ? तुम तो उसी तरफ जा रहे हो। तुम्हें बड़ा होना है और तुम तो हर क्षण बड़े हो रहे हो।''

बोलू ने देखा, बूढ़ी की गोद में बिल्ली, कूना हो गई थी। ''तुम कूना हो गईं।'' बोलू ने आश्चर्य से कहा।

बूढ़ी ने कहा, ''बिल्ली एक झूठ थी। सच तो कूना है। झूठ तो कुछ देर का होता है। और सच हमेशा का।'' जब बूढ़ी हँसी तो

उसके दाँत दिखे थे। बूढ़े लाठी टेक कर नहीं चलते थे, न बूढ़ी पर दोनों के बाल चाँदी की तरह सफेद थे।

कूना मुस्कुरा रही थी। बोलू ने कहा, ''घर नहीं चलना है ?''

बूढ़े ने कहा, ''बड़े भैया की लाठी की आवाज आ रही है। वे आ रहे हैं।''

उन्हें सम्मान देने दोनों खड़े हो गए थे। कूना को बूढ़ी ने जल्दी उतार कर खड़ा कर दिया था। फिर बूढ़ी ने परंपरा के अनुसार घूँघट माथे तक डाल लिया। जेठ के साथ-साथ जेठानी आ रही थीं। छोटे भाई ने देखा कि बड़े भाई ने भाभी के कंधे पर सहारे के लिए हाथ रखा है।

कूना ने दोनों को प्रणाम कहा। और दोनों ने कूना को आशीर्वाद दिया। बोलू ने दोनों के चरण स्पर्श किये।

''भैया, आप लाठी ले जाना भूल गए थे ?'' छोटे बूढ़े ने कहा।

''तुम्हारी भाभी का सहारा था।''

''खटखट की आवाज सुना तो लगा था कि लाठी की आवाज है।''

''अरे नहीं, खड़ाऊँ की आवाज को तुमने लाठी की आवाज समझा होगा।।''

''लाठी लाऊँ भैया ?''

''रहने दो, इनका सहारा है।''

''भाभी, सुन रही हो, भैया क्या कह रहे हैं ?''

''मैं बहरी नहीं हूँ देवर जी।'' हँसते हुए भाभी ने कहा।

छोटे भाई की पत्नी आदर से सिर झुकाये हँस रही थीं।

बड़े भाई अपनी पत्नी का सहारा लिए खटखट करते, भविष्य में प्रवेश किया।

जिस कबूतर के पीछे बोलू चन्द्रमा पर पहुँचा था, वह कबूतर बोलू के साथ अभी तक था। बोलू जब चन्द्रमा से कूदा तब कबूतर भी चन्द्रमा से उड़ा था। वह बोलू के पास रहता पर कूना जब बिल्ली बनी

तब कबूतर डर कर पास के पीपल के पेड़ पर बैठ गया था।

नाव में भैरा, बीनू, छोटू चिंता में थे कि कूना और बोलू से कैसे मिलें। कौन कहाँ और कैसे हैं ? ऊँची लहर शांत समतल हो कर थम गई फिर सागर का पूरा भाटा का जल नीचे होने लगा। जैसे समुद्र खाली हो रहा है। नीचे उतरता जल समाप्त होकर धरती से मिल गया। अब उन्हें लगा कि धरती भी धँस रही है। बाँस के ठठ्ठर की नाव पर वे खड़े थे जो धरती पर थी। और वे धँसते हुए नीचे जा रहे थे।

बीनू ने कहा, ''सब लोग खेने वाले बाँस को पकड़ लो !इसे धरती के तल तक धँसाते हैं। शायद धरती का धँसना रुक जाए।''

सबने मिलकर ताकत से बाँस को तल तक धँसाया। तब भी धरती कुछ धँसी और वे सब सीधे गड़े बाँस पर लटके रह गए। धँसती धरती भी जैसे बाँस का सहारा लिए स्थिर हो गई।

नीचे धरती पर कूना और बोलू खड़े थे। कूना उन्हें पुकार रही थी। छोटू सबसे नीचे लटका था। नीचे उन्हें देख वह खिसकते हुए उतरने लगा। एक-एक कर सब उतरे। पर भैरा वहाँ नहीं था।

भैरा को भजिया बनाने वाले ने जगा दिया था। फिर भैरा ने प्रेमू को जगाया। सब जगा दिये गए। स्वप्न में अकेली कूना रह गई। और स्वप्न में सुबक-सुबक कर रो रही थी। कूना को सबने जगाया। वह गहरी नींद में थी। उठी तब भी रो रही थी।

''सपना देखी थी क्या ?'' सबने पूछा। इस पूछने में बोलू भी शामिल था। वह अलाली में लेटा हुआ था। और लेटे-लेटे उसने पैर हिलाए थे।

दिन चढ़ आया था। गुरुजी ने कहा, ''छुट्टी का दिन है। तुम लोग सोते रहे। नहा-धोकर तैयार हो जाओ। भोजन तैयार है।'' स्कूल में कुआँ और हाथ पंप भी था।

कूना उठी तो बीनू ने उससे पूछा ''तुमने सपना देखा ?''

''नहीं,'' कूना ने कहा। फिर कूना जाने लगी। बोलू से बात नहीं की।

''कूना, तुम कहाँ जा रही हो ?'' छोटू ने बोलू की आवाज में टोका।

''आज से मैंने अपना नाम बदल दिया है। कूना मेरा नाम नहीं है।'' कूना ने कहा।

''तो तुम्हारा नाम क्या है ?'' बोलू ने कूना के पास जाकर पूछा।

''मेरा नाम समुंदर है।'' कूना ने कहा।

''स्कूल में तुम्हारा नाम कूना लिखा है।'' साथ चलते हुए बोलू ने कहा।

''आज छुट्टी का दिन है।'' कूना ने कहा।

''कल तुम्हारा नाम क्या कूना रहेगा ?''

''कल भी समुंदर रहेगा,'' कूना ने कहा।

कूना अपने गुरुजी के पास गई। गुरुजी बच्चों के भोजन की तैयारी में थे। लंबे स्कूल के बरामदे में कुछ बच्चे पत्तल बिछा रहे थे। कूना के पीछे बोलू और सभी साथी थे।

गुरुजी ने कूना से कहा, ''कूना, तुम तैयार नहीं हुईं। तुम सबको यहाँ तैयार होकर आना है। तुमने मंजन भी नहीं किया।''

''गुरु जी, मेरा नाम कूना नहीं है।'' कूना ने कहा।

''हूँ!'' गुरुजी ने झूठ-मूठ की गंभीरता प्रगट की। कहा, ''आज छुट्टी का दिन है इसलिए ?''

''स्कूल के दिन भी मेरा नाम कूना नहीं रहेगा।''

''तो तुम्हारा नाम स्कूल से कट जाएगा।'' गुरुजी ने कहा।

''गुरुजी, इसका नाम समुंदर है।'' भैरा ने कहा।

कूना ने सिर हिला कर 'हाँ' कहा।

''तुम बताओ, तुम्हारा नाम क्या है ?''

''जी, मेरा नाम समुंदर है। समुंदर में ऊँची-ऊँची लहरें उठती हैं।'' कूना ने कहा।

''कूना का अर्थ क्या है ?'' गुरुजी ने पूछा।

''मुझे नहीं मालूम,'' कूना ने कहा।

''अच्छा, जाओ। नहा-धोकर आओ समुंदर। नहीं तो खाना खतम हो जाएगा।''

''समुंदर, तुम्हारा नाम कुआँ होता तो भी तुम नहातीं ?'' बोलू ने कहा।

कूना ने ठुमक-ठुमक नाचते हुए गाया :
''नदी होता नाम तो भी नहाती
पानी होती तो भी
दिन भर पानी में डूबी रहती
झरना होती तो पर्वत से सतत नीचे गिरती
और चट्टानों से रगड़-रगड़ नहाती
वर्षा में बूँद-बूँद, कभी मूसलाधार
बाढ़ में भरपूर
गरमी में कंजूसी से।''
''सूखा पड़ने पर क्या करतीं ?'' बोलू ने नाचते हुए पूछा।
''भाप बनकर भाफ से करती स्नान
समुंदर बनकर ऊँची लहरों जैसे उलीचे
थपेड़ों से नहाती।''

कुएँ में घिर्री लगी थी। भैरा ने कहा, ''समुंदर, तुम बाल्टी में बैठ जाओ। मैं रस्सी से डुबकी लगवा दूँगा, फिर खींच लूँगा।''

''मैं पागल नहीं हूँ। ज्यादा देर डुबकी लगा देगा तो मर जाऊँगी। रस्सी छोड़ दिया तो ? ठहर जा, मैं गुरुजी से बताती हूँ।'' फिर वह, 'बोलू ! बोलू !' चिल्लाने लगी। भैरा भाग गया।

''क्या हुआ ?'' कहता बोलू आया।

बोलू, कूना, प्रेमू, बीनू, छोटू कुएँ में नहाये। भैरा हाथ-पंप में नहाया। कूना के डर से वह दूर रहा। कूना ने सबको बताया कि भैरा ने कहा था, यदि वह बाल्टी में बैठ जाए तो भैरा कुएँ में डुबकी लगवा देगा। इसमें जान जाने का डर होता। इस बात से बोलू के मन में एक विचार आया। छुट्टी का आधा दिन अभी बाकी है। उसने सबसे कहा, ''बौने पहाड़ की गहराई का जो मुख है, कुएँ के समान उसमें भी यदि घिर्री रख दी जाए तो रस्सी के सहारे नीचे उतरा जा सकता है। छुट्टी का दिन अभी बचा है। पहले खाना खा लेते हैं।'' यह कहता हुआ बोलू सबके साथ भैरा के पास गया। भैरा भी बातचीत में शामिल हो गया।

बोलू के घर में एक घिर्री पड़ी थी। लेकिन कुआँ नहीं था। कुछ दिन पहले बोलू ने अपनी माँ से पूछा था कि घर में घिर्री है पर कुआँ नहीं है। तो उसकी माँ ने कहा, ''ऐसे बहुत से कुएँ हैं जिसमें घिर्री नहीं है।''

''तो घिर्री किसी को दे देतीं।'' बोलू ने कहा था।

''अपनी घिर्री नहीं है। किसी को कैसे दे देती ? जब घर बना नहीं था, तब से घिर्री यहीं पड़ी थी।''

यह घिर्री किसी छोटे कुएँ की थी। छोटा कुआँ कहीं नहीं था। कहीं यह घिर्री पहाड़ की गहराई में उतरने के लिए तो नहीं बनी ?

भोजन में नमक के पानी में उबले चने, गुड़, माठा, एक-एक बिही, तरोई की सब्जी और भात था। गुड़ को सबने दोने में लपेटकर जेब में रख लिया। जल्दी-जल्दी इन लोगों ने खाया और भागते हुए बोलू के घर गए। घर पर माँ नहीं थीं। लोहे की छड़ के साथ छोटी सी लोहे की घिर्री थी। भैरा ने इसे उठाया और कंधे पर रखा। और सब बौने पहाड़ की तरफ दौड़े। उन्हें डर था कि कोई रोक न दे।

पहाड़ की गहराई के मुख पर घिर्री को जमाया गया। घिर्री अच्छे से जम गई। छड़ मुख से बड़ी थी और घिर्री बीच में थी। एक चट्टान की छाया में सब बैठे थे। बोलू खड़ा था।

''एक लंबी रस्सी चाहिए।'' बोलू छाया में इधर-उधर होता।

''मेरे घर में कुएँ की रस्सी है।'' प्रेमू ने कहा।

''गहराई बहुत है। कुएँ की रस्सी छोटी होगी।'' बोलू धूप तक जाकर पलट कर खड़ा हो गया। उसने फिर कहा, ''कम से कम सात दिन की लंबी रस्सी चाहिए।।'' और वह छाया में लौट आया।

''सात दिन की रस्सी को नापेंगे कैसे ?'' बीनू ने कहा।

''पहले दिन सूर्य के निकलते ही रस्सी को फैलाते हुए सातवें दिन के सूर्यास्त तक फैलाएँगे उतनी ही रस्सी।'' बोलू ने कहा।

''सात दिन तक क्या स्कूल नहीं जाओगे ?'' छोटू ने गुरुजी की आवाज में कहा।

''गुरुजी से छुट्टी के दिन माँगने होंगे। पर पहले रस्सी ले आएँ। छुट्टी का अभी आधा दिन बचा है। आधे दिन की लंबी रस्सी ले आएँ।

गाँव में दो रस्सी बनाने वाले हैं। चलो, उनके पास चलते हैं।'' बोलू ने चलते हुए कहा। सब उसके साथ हो लिए थे।

एक बूढ़ा व्यक्ति घर से बाहर बैठे रस्सी बँट रहा था। बँटी हुई रस्सी का ढेर उसके पास पड़ा था।

कूना ने उनसे कहा, ''बाबा, हमें रस्सी चाहिए। सात दिन लंबी रस्सी।''

रस्सी वाले बाबा ने कहा, ''जब मैं दस साल का था तब से यही एक रस्सी बना रहा हूँ। मैं अभी निन्यानबे साल का हूँ। यह रस्सी नवासी साल लंबी है। तुम चाहो तो सात दिन लंबी रस्सी काट लो। पर न काटो तो अच्छा है। मेरा छोटा भाई भी रस्सी बनाता है। वह हर दिन एक रस्सी बनाता है। शायद उसके पास सात दिन लंबी रस्सी हो।''

बोलू कूना से कहते हुए चल रहा था, ''कूना, अपने को आधे दिन लंबी रस्सी चाहिए। सात दिन लंबी रस्सी नहीं। सात दिन लंबी रस्सी कैसे ले जाएँगे ?''

''मेरा नाम कूना नहीं है। समुंदर है। छोटी रस्सी ले जाओगे तो उसमें गठाने लगेंगी।'' कूना ने कहा।

''आधे दिन में छै घंटे हुए। तीन-तीन घंटे की दो रस्सी लेते हैं। एक गठान लगेगी।'' बोलू ने कहा।

फिर बोलू गाने लगा :

''एक मिनट लंबी रस्सी के पल-पल टुकड़े
कितने होंगे ? कितने छोटे ?
जीवन के पल-पल को बँटकर
आजीवन की लंबी रस्सी की बँधी बाल्टी से
अनंत काल की प्यास बुझाने
जब हर दिन भू जल नीचे जाता हो
जल तुम खींच सको
ऐसा दमखम हो।''

सब लोग छोटे भाई के पास गए। छोटा भाई भी रस्सी बँट रहा था। उसके पास भी बुनी हुई रस्सी का ढेर था। बोलू दूर से कहते हुए उनके पास आया, ''बाबा, हमें आधे दिन इतनी लंबी रस्सी चाहिए।''

बेटा, मैं तो प्रतिदिन सुबह से संध्या तक रस्सी बनाता हूँ। ऐसा किसी दिन भी नहीं हुआ कि मैंने आधे दिन काम किया हो। ढेर में पूरे दिन की रस्सी है। अधूरी रस्सी मैंने नहीं बनाई। तुम चाहो तो पूरे दिन की रस्सी ले जाओ।''

''परन्तु बाबा, हमें आधे दिन का काम है। हमारे पास आधे दिन की छुट्टी बची है।'' प्रेमू ने कहा।

''मेरे पास दो दिन और एक रात इतनी लंबी रस्सी भी है। केवल रात इतनी लंबी रस्सी नहीं है। किसी दिन रात में नींद नहीं आती तो दिन की रस्सी को रात और दूसरे दिन तक बँटता हूँ। तुम्हें क्या चाहिए, बताओ ?''

सबने सोचा, अब क्या करें ?

कूना ने कहा, ''गुरुजी से एक दिन की छुट्टी और माँग लेंगे।'' फिर कूना ने कहा, ''बाबा, हमें दो दिन और एक रात वाली रस्सी दे दीजिए।''

बाबा ने एक रस्सी उठाई और कूना को दे दी।

कूना ने उसे कंधे में लटका लिया।

''यह तो बहुत छोटी रस्सी है।'' भैरा ने कहा।

''यह छोटी नहीं है। शायद समय बीतने और आवश्यकता के साथ बढ़ती हो। चलो जल्दी। छुट्टी का दिन बीत रहा है। समय के साथ तो हम लोग भी बढ़ते हैं। ऊँचाई बढ़ती है।'' बोलू ने कहा।

पहाड़ की गहराई का अन्दर वैसा ही हो जैसे सोये हुए ज्वालामुखी का होता हो ! यह मरा हुआ ज्वालामुखी होगा। यह ज्वालामुखी है, ऐसा किसी ने कभी नहीं कहा। इस बौने पहाड़ पर तो बूढ़े भी आते हैं। पहाड़ की गहराई अन्दर के खाली होने से हो। अन्दर खाली होने के लिए कुछ बचा नहीं। ज्वालामुखी होने की उसकी ताकत समाप्त हो गई और यह मृत हुआ। बच्चे जब गहराई के अन्दर उतरेंगे और मरा हुआ ज्वालामुखी सक्रिय हो गया तो ?

पहाड़ के शिखर पर गहराई के अन्दर उतरने की वे तैयारी करने लगे। घिर्री की सीध में, पास एक मौलश्री का पेड़ था। पेड़ बड़ा और घना था। परन्तु उसका तना पतला था। तने के नीचे रस्सी बाँधी गई। मौलश्री में छोटे-छोटे नारंगी रंग के फल लगे थे। रस्सी बाँधते समय पेड़ के हिलने से ये फल गिरे। इस फल का स्वाद तेंदू के फल जैसा था पर उतना अच्छा नहीं था। कड़े छिलके के अन्दर गूदे की पतली परत थी। जल्दी थी इसलिए एक-एक मुट्ठी फल सबने जेब में डाल लिए।

रस्सी को जब पेड़ से बाँधा जा रहा था तब कूना ने कहा था कि समय कम है। भैरा रस्सी पकड़ ले तो वह और बोलू पहले नीचे उतर जाते हैं। परन्तु बोलू ने कहा कि सब साथ उतरेंगे। कूना बोली, ''पहले मैं उतरूँगी।''

छोटू ने भजिया बनाने वाले की आवाज मे कहा, ''छत्ते की मधुमक्खी तुमको पहले काटेगी।''

तब कूना ने कहा, ''मुझको मालूम है, छत्ते में मधुमक्खी नहीं है।''

''तुमको कैसे मालूम हुआ ? सपना देखा होगा ?'' बोलू चट्टान पर चढ़ गया।

''सपना देखना आता नहीं।कोई सिखाता भी नहीं।'' कूना ने दुख से कहा।

''सपना देखना हम लोगों को भी नहीं आता। पर देख लेते हैं। आता तो सिखा नहीं देते।'' बोलू चट्टान से नीचे आ गया।

''चलो, सबको नीचे उतरना है।'' बोलू ने कहा।

''सबसे पहले मैं उतरूँगी। मैं पूरे एक दिन, फिर एक रात, फिर एक दिन तक नीचे जाऊँगी इसलिए मैं इस छोर को पकड़ रही हूँ।''

रस्सी को घिर्री में चढ़ा दिया गया था। रस्सी घिर्री से न उतरे, इसका ध्यान रखा गया। कूना को गहराई में उतारा गया। कूना कुछ नीचे गई तो बोलू ने रस्सी पकड़ी। बोलू को उतारा गया। दोनों के वजन से रस्सी धीरे-धीरे नीचे खिसक रही थी, जबकि बाकी लोग रस्सी को थामे हुए थे। इतने में भजिया बनाने वाले ने आवाज दी, ''भैरा।'' भजिया बनाने वाले ने होटल से ही भैरा-लोगों को देख लिया था। बोलू जब चट्टान पर चढ़ा तो बोलू को भी देख लिया।

आवाज से भैरा का ध्यान हट गया। रस्सी को छोड़ वह उधर देखने लगा जिधर से आवाज आई थी। भैरा के हाथ में जब रस्सी छूटी तो रस्सी तेजी से नीचे जाने लगी।

सब चिल्लाये, ''भैरा, रस्सी को पकड़ो।''

भैरा ने भी रस्सी को पकड़ा। उनका नीचे जाना रुक गया था।

मालूम नहीं, रस्सी कितने घंटे नीचे चली गई।

''हम लोग तो बोलू-कूना से कई घंटे पिछड़ गए।'' भैरा को छोड़ सबने कहा।

''भजिया बनाने वाला बुला रहा था। वह आ रहा होगा। पिताजी ने बुलाया होगा।'' भैरा ने कहा।

बीनू ने गहराई के अन्दर थोड़ा सिर घुसा कर चिल्लाया ताकि आवाज नीचे पहुँच जाए, ''कूना।''

लटकी हुई कूना ने कहा ''मेरा नाम समुंदर है।''

''तुम दोनों ठीक तो हो।'' बीनू ने कहा।

''ठीक हैं।'' चिल्लाकर कूना ने कहा। फिर उसने धीरे से बोलू से कहा, ''बोलू, मत बोलना। तुम बोलोगे तो हवा में पैर चलाओगे। हिलने से हम दोनों का सिर चट्टान से टकरा जाएगा।''

कूना का सपने का अनुभव काम आ रहा था। सपने की स्मृति नहीं थी, सपने के अनुभव की स्मृति थी।

बोलू कुछ कहना चाहता था। पर लटके रहने के कारण बोल नहीं रहा था। वह इशारा भी नहीं कर पा रहा था। हाथ तो रस्सी को थामे थे। दाहिने हाथ से रस्सी को पकड़े उसने बाएँ हाथ से कूना को इशारा किया कि देखो। फुसफुसा कर भी उसने कूना से कहा था कि देखो। जिधर बोलू ने इशारा किया था उधर दो पीली पत्ती वाला पौधा उगा था। पौधे की जड़ों को कहीं से पानी मिल रहा होगा। गेहूँ की भोजली जैसा रंग पत्ती का था।

बोलू के कुछ फुसफुसाने से रस्सी धीरे से हिली थी। रस्सी के हिलने से कूना को ऐसा लगा भी नहीं था कि बोलू के बोलने से रस्सी हिली, बल्कि उसे लगा कि रस्सी का इतना हिलना तो ठीक है। और दो लोग रस्सी को पकड़े लटके हुए भी तो थे। उन्हें ठंडी हवा के चलने का अनुभव हो रहा था। हवा नीचे से आ रही थी।

बोलू ने फुसफुसाकर कहा, ''पहाड़ की साँस चल रही है। और हम लोग पहाड़ के पेट के अन्दर हैं।''

''क्या यह एक सचमुच पहाड़ है या पहाड़ का भेस बदले कोई अजगर ?'' कूना ने कहा।

तभी गड़गड़ाहट की आवाज आने लगी। कूना ने कहा, ''पहाड़ डकार ले रहा है।''

बोलू ने फुसफुसाकर कहा, ''लगता है, हम पेट में पच गए हैं।

इसलिए डकार की आवाज आ रही है।'' वे हिलने लगे थे। बोलू का दाहिना कंधा पहाड़ के अन्दर की उबड़-खाबड़ दीवाल से टकराया।

''हम लोग अभी पचे नहीं हैं। पच जाते तो बात नहीं कर सकते।'' कूना ने कहा।

इतने में जोर से गड़गड़ाहट की आवाज आने लगी। ''अगर यह मृत ज्वालामुखी है तो अब सक्रिय हो रहा है।'' बोलू कुछ जोर से बोल पड़ा। इससे दोनों लटके हुए झूलने लगे। वे भूल गए कि बोलू के पैर हिलाने से झूल रहे हैं। बोलू ने कहा ''भूकंप आया ? गड़गड़ाहट भूकंप की है। कूना, हो सकता है, लावा निकलने लगे ! और हम लोग भी लावा के साथ बाहर निकलें !''

'कूना' सुनकर कूना ने तब यह नहीं कहा कि मेरा नाम समुंदर है। उसने कहा, 'लावा के साथ हम लोग तो जले हुए बाहर आएँगे।''

बोलू और कूना दोनों ने नीचे झाँका कि लाल-लाल ऊपर आ रहा है या नहीं। नीचे देखने की आवश्यकता नहीं थी। लावा आता तो उसका लाल प्रकाश गहराई के अँधेरे में पहले भर जाता। हो सकता है कि अचानक तापमान बढ़ जाने से शरीर में छाले पड़ जाते। और फिर रस्सी जल उठती जिसको ये पकड़े हुए लटके थे। और रस्सी छूट जाती और वे उठते हुए लावा के पहले ही जल जाते। वैसे बजरंग होटल की भट्ठी के पास इतनी गरमी होती है कि और पास जाने से झुलसने का डर लगता है।

''तुम लोग कैसे हो ? कोई आवाज नहीं आ रही है।'' भैरा की आवाज है। या छोटू भैरा की आवाज में बोल रहा है ?

''भैरा बोल रहा है क्या ?'' कूना ने पूछा।

गड़गड़ाहट की आवाज बराबर आ रही थी।

बजरंग महराज का जो अँधेरे के कबाड़ जैसा कमरा था। उसमें तरह-तरह के अँधेरे थे। कुछ पुराने अँधेरे, कुछ बहुत पुराने। बजरंग महराज के गुफानुमा कमरे से जुड़ा बोगदा हो और पहाड़ के अन्दर ही

अन्दर चला गया हो।

''समुंदर, समुंदर, समुंदर!'' प्रेमू ने पुकारा।

पर कूना बीच-बीच में आती पहाड़ की गड़गड़ाहट के कारण उसे सुन न पाई।

ऊपर खड़े लड़कों को भी गड़गड़ाहट सुनाई दे रही थी।

प्रेमू ने दुबारा पुकारा, ''कूना, कूना।''

गड़गड़ाहट की आवाज अभी भी आ रही थी। पर कूना ने अब की बार सुन लिया था।

''क्या है ?'' कूना ने कुछ गुस्से से कहा।

''हम लोगों को डर लग रहा है।''

''हम लोगों को भी थोड़ा-थोड़ा डर लग रहा है,'' कूना ने कहा।

''मुझको अभी भूख लग रही है। मैं गुड़ खाने वाली हूँ।'' दाहिने हाथ से लटके-लटके कूना ने कहा। बाएँ हाथ से कूना ने फ्राक की जेब से गुड़ निकाला और स्वाद से खाने लगी। ''बोलू, तुम भी खा लो।'' कूना ने कहा।

बोलू का भी मन हुआ कि वह भी गुड़ खा ले। उसने कूना से फुसफुसाकर कहा, ''रस्सी को कसकर पकड़े रहना। ढीला मत करना, नहीं तो रस्सी छूट जाएगी।''

कूना का ध्यान रस्सी पकड़ने में ज्यादा चला गया और गुड़ के पकड़ने में कम हो गया। गुड़ उसके हाथ से छूट गया। ''मेरा गुड़ !'' चीख कर कूना ने कहा।

बौने पहाड़ के शिखर के मुख से डाला गया पत्थर कम से कम सात दिनों की गहराई में गिरता है यह सबको मालूम था। अधिक से अधिक दिनों की गहराई किसी को मालूम नहीं थी। किन्हीं, पितामह जैसे बूढ़े को मालूम हो। कुछ बच्चे शिखर के मुख को लाँघ जाते। इसमें कोई गिरा नहीं था। जो लांघ नहीं पाते, वे भी नहीं। यदि कोई गिर जाए तो ?

अपने डाले हुए पत्थर के गिरने को आदमी सुन सकता था। एक बहरा पत्थर डाले वह भी। यदि कोई गिर जाए तो वह अपने गिर जाने को सुनने मुख तक नहीं आ सकता। वह अपने गिरने में फँसा रहेगा और हमेशा गिरता रहेगा। जब तक जिंदा रहे, गिरते रहे। मर गए तो मरे हुए गिरते रहे। किसी से कुछ पूछेंगे तो कहेगा, गिरते हुए इतने दिन हो गए, जिंदा हैं या मर गए, क्या पता !

यदि कोई किसी को धक्का देकर गिरा दे। तो क्या धक्का देने वाला उसका गिर जाना सुन सकेगा। ?

उदाहरण के लिए भैरा, बोलू को धक्का देकर गड्ढे में गिरा दे। भैरा सात दिन बाद बोलू का गिरना सुनने शिखर जाए या बहुत दिनों बाद जाए कि चलो, बहुत दिन हो गए, आज बोलू का गिरना सुन लें। हो सकता है आधे रास्ते पर भैरा का मन बदल जाए। लौट आए। फिर कभी न जाए।

ऐसे बहुत से लोग थे जिन्होंने पत्थर डाल दिये और बहुत दिनों से सुनने नहीं गए। उनके पत्थरों का गिरना थमा नहीं। संख्या और

बढ़ती रही। हो सकता है किसी दिन पत्थरों को सुनने वालों का मेला लगे। यह मेला कई दिनों तक चलता रहे। जब पत्थरों का गिरना समाप्त हो जाए तो मेला भी समाप्त हो जाए। अभी एक्का-दुक्का लोग आते और एक्का दुक्का पत्थर गिरते हुए से छँटकर गिर जाते। और उनके गिरने का अंत हो जाता।

भैरा के साथ मुश्किल है, वह बहरा नहीं है और बहरा समझ लिया जाता है। वह जान-बूझकर नहीं सुनता। यदि वह बोलू का गिरना सुनने जाए और अनसुना कर दे तो ?

यदि पहाड़ की गहराई में बोलू रस्सी से लटका है और ऊपर शिखर पर भैरा रस्सी थामे हुए है। भैरा के हाथ से रस्सी छूट जाए तो क्या बोलू को भैरा ने गिराया है माना जाएगा ?

गाँव में बूढ़े होंगे जो कम सुनते हैं। जैसे सात दिन के गिरने को एक ही दिन में सुन लें। शायद इससे गिरने वाले को छः दिन कम गिरने की चोट लगे। कोई बूढ़े ऐसे भी होंगे जो जोर गिरने वाले को धीमे गिरने में सुन लें। इतने धीमे जैसे गिरा ही नहीं। चलते समय एक पैर उठाकर रखते हैं वैसे ही गिरने वाले के दोनों पैर हलके से जमीन पर रखा जाए। यह ऊँचाई से नीचे आने का मात्र एक कदम जैसा हो।

कूना और बोलू के नीचे जाने के बाद बाकी लोगों में धैर्य नहीं था। छोटू चुपचाप रस्सी पकड़कर उतर गया। उतरते ही उसने अन्दर से बोलू की आवाज में कहा, सब नीचे उतर जाएँ। बीनू प्रेमू भी उतर गए। उतरने के लिए किसी तरह सबका वजन थामे भैरा ने अपने को संतुलित किया। पर वह अपने आप गहराई में खिंचा गया। बची रस्सी सबके वजन के साथ घिर्री के सहारे घर्र-घर्र तेजी से नीचे चली गई।

अन्दर पहाड़ में कहीं इतना खाली था कि मैदान समा जाए। कहीं लटकी हुई तंग गली जैसा था। जब रस्सी तेजी से नीचे जा रही थी तो उन लोगों को लगा कि एक बहुत पुराने लटके हुए नगर से गुजर रहे हैं। असल में एक नगर ही जैसे गिर रहा था।सैकड़ों साल से गिरते हुए बसा था। ये लोग एक तंग गिरती गली में तेजी से गिर रहे थे। नगर कुछ धीमे गिर रहा था। ये अपने गिरने में गिरने की गाड़ी में सवार थे और गली में तेजी से जा रहे थे। दोनों तरफ के मकान पीछे जाते हुए नहीं ऊपर जाते हुए लग रहे थे। जिस रास्ते से ये जा रहे थे, वह लटका हुआ रास्ता था। जब रस्सी झटके से रुकी तब सबके नन्हे हाथों की पकड़ रस्सी से छूट गई। ऊपर से नीचे शून्य जैसी लटकी गली में गिरना ही जाने का तरीका था। गली में उन्हें जगह-जगह घरों के दरवाजे भी खुले दिखे। एक खुले दरवाजे से सबने बारी-बारी गिरते हुए एक आदमी की झलक देखी। कूना ने उसे पलँग पर बैठे देखा था। बोलू ने उस आदमी को लेटे देखा। आखिरी में भैरा ने

उसको गहरी नींद में सोते देखा। उस आदमी को सोते देख भैरा को गिरते हुए जँभाई आने लगी थी। फिर सब लोग आगे-पीछे गिरते हुए बाजार पहुँचे। इनको गिरते देख शायद सब्जी बाजार इनकी गति में अपने गिरने के साथ हो गया। बाजार को लगा होगा, शायद ये कुछ खरीदना चाहें। परन्तु बाजार को लगने लगा कि कुछ नहीं खरीदेंगे, तो बाजार इनका साथ छोड़कर ऊपर चला गया। इन लोगों का गिरना कभी तेज था, कभी नगर के साथ था।

गिरते हुए बोलू को भूख लग रही थी। सभी को लग रही होगी। यदि सब एक साथ गिरे होते तो पास-पास होते। एक दूसरे का हाथ पकड़े होते। इनके गिरने मेंकोई एकरूपता नहीं थी। ये बिछड़े हुए गिर रहे थे।

कम से कम सात दिन तक गिरते रहे तो क्या सात दिनों तक भूखा रहना होगा ? तभी बोलू के साथ बाएँ तरफ का एक गिरता मकान साथ हो गया। बोलू के ठीक सामने एक दरवाजा था। जो खुला। दरवाजे पर दस-बारह साल की एक लड़की थी। लड़की के साथ एक और छोटी लड़की थी। बड़ी लड़की ने बोलू का हाथ पकड़कर बोलू को अन्दर खींच लिया।

छोटी लड़की ने बोलू से पूछा, 'भूख लगी है ?'

बोलू ने 'हाँ' कहा। 'हाँ' कहकर बोलू एक कदम अन्दर चला गया।

बोलू खाना खा रहा था। वह चुपचाप था। छोटी लड़की बहुत बात कर रही थी।

''तुम यहीं रहो। कहाँ जाओगे ? कम से कम सात दिनों तक रहो।'' बड़ी लड़की ने कहा। बड़ी लड़की अन्दर चली गई। उसके पीछे छोटी लड़की चली गई।

खाते हुए बोलू ने देखा कि दूसरी तरफ एक खिड़की खुली थी। बरसात जैसी हो रही थी दरअसल ये गिरते हुए पत्थर थे। इस खुली खिड़की का यह स्थायी दृश्य जैसा था। कभी पत्थरों की बौछार तेज

दिखाई देती। कभी कम। कभी बूँदा-बाँदी जैसी थी।

बोलू को खिड़की की तरफ देखते हुए देख बड़ी लड़की ने हाथ बढ़ाकर एक लाल रंग के पत्थर को पकड़ लिया। वह सावधान थी, शायद दूसरे बरसते पत्थरों से उसे चोट लग जाती। बोलू ने खाना खा लिया था।

लाल पत्थर, सुंदर चिकना और चमकदार था। बरसों से गिरते हुए पत्थर को हवा ने तराश कर सुंदर और चिकना बना दिया था। चमकदार से समझदार जैसा भी कि वह अपने गिरने की जिम्मेदारी जानता है।

लड़की ने बोलू को पत्थर दिखाया। हाथ में पत्थर लेकर वह खुश था। उलट-पलटकर वह पत्थर को देख रहा था। क्या वह कभी अपने फेंके हुए पत्थर को पा सकता है ? पत्थर शायद फेंकने वाले को पहचान ले। बोलू पत्थर को कैसे पहचानेगा ? अच्छा होता, पूछने पर पत्थर बतला देता कि उसे किसने फेंका है ? वह कहाँ रहता है ? उसका नाम क्या है ? और यह भी कि उसे इस तरह फेंक देना कैसा लगा ? यह अच्छी बात है या नहीं। बोलू को लगा, पत्थर उससे फिसल रहा है। शायद देर हो रही है। पहले जैसा गिरते रहने की उसकी छटपटाहट हो। परन्तु पत्थर का गिरना रुका कहाँ था। यह नगर ही गिरता हुआ था। जहाँ गिरते हुए लोग बसे थे। इनके पुरखे गिरे थे। इनका गिरना सुना नहीं जा सका था। वे लोग एक कक्षा से आपस में बँधे हों।

लड़की ने बोलू से पत्थर लेकर खिड़की के बाहर अंदाज से पहले की गिरती हुई स्थिति में रख दिया। फिर हिलडुल कर पत्थर अपनी पहले की जगह में आ गया हो। खिड़की के बाहर पहले का गिरता हुआ दृश्य खिड़की के फ्रेम में जैसे अटका हुआ था। पत्थर की खाली जगह पत्थर का इंतजार कर रही थी। पत्थर से गिरते ही पत्थर वाला यह दृश्य नीचे चला गया।

पत्थर जब बोलू के हाथ पर था, उसी समय यदि पत्थर को

सुनने, फेंकने वाला आ जाता तो ? ऐसी स्थिति में तब पत्थर कैसे कहाँ गिरता ? और खन्न की आवाज आती ? शायद तब बोलू की हथेली से उड़कर सीधे खिड़की से बाहर कहीं चला जाता। कहीं गिर जाता।

बोलू का पेट तो भर चुका था। बड़ी लड़की ने कहा, ''यहाँ सब कुछ है। स्कूल मेरे घर के पास है। मैं भी वहाँ पढ़ती हूँ। मेरे स्कूल में भरती हो जाना।''

''अब मुझे यहाँ से जाना चाहिए,'' कहकर बोलू गली के दरवाजे तक पहुँच गया।

छोटी लड़की ने तभी कहा, ''मैं भी आ रही हूँ।''

पर बड़ी बहन ने उसका हाथ पकड़ लिया था।

'क्या तुम्हारा नाम बोलू है ?' बड़ी लड़की ने पूछा।

''हम लोगों ने तुम्हारा नाम सुना है।''

बोलू को आश्चर्य हुआ कि इन लोगों ने उसका नाम कैसे सुना।

'हाँ, मेरा नाम बोलू है।'

तब तक बोलू का पैर तेजी से नीचे जाती गली पर पड़ चुका था।

बोलू नीचे गिरते हुए ऊपर देख रहा था। उसे लगा कि उनका घर उसके साथ आ रहा हो। पर शायद गली पर पैर रखते हुए उसने दरवाजे के बंद होने की आवाज सुनी थी। वह बहुत नीचे चला गया था।

कूना सबसे पहले मुख के अन्दर घुसी थी इसलिए गिरने में सबसे आगे थी। कूना गिरते हुए इधर-उधर देख रही थी। किसी को देखकर वह पा लेना चाहती थी। कोई भी परिचित उसे दिख जाए। कुछ भी परिचित उसे दिख जाए।

कूना को भी भूख लगने लगी थी। जब बहुत भूख लगने लगी तब उसके ठीक बाजू में किसी घर का पीले रंग का दरवाजा आया। पीले रंग के दरवाजे वाला घर गिरते हुए कूना के साथ हो गया। घर की

छत पर एक सफेद बगुला बैठा था। पीले दरवाजे को छोड़कर घर का बाकी नीले रंग का था। घर के खपरैल नीले रंग के थे। तभी सफेद बगुला ऊपर की तरफ उड़ा। कूना को लगा कि क्या वह उड़ते हुए शिखर के मुख हो बाहर हो जाएगा ? पर कभी भी किसी ने मुख से किसी को बाहर आते नहीं देखा था। एक चींटी को भी नहीं। पीले रंग का दरवाजा खुला तो दौड़ते-दौड़ते एक लड़का आया। लड़का भी नीले रंग की कमीज पहने था। लड़के ने सामने कूना की तरफ इशारा किया। लड़के को उसकी माँ ने गोद में उठा लिया था।

''तुम इस गली में कैसे आईं ?'' लड़के की माँ ने पूछा।

''हम लोग छुट्टी का दिन मना रहे हैं। हम को छुट्टी के दिन की परीक्षा देनी होगी। इसलिए इस गली में आए हैं।'' कूना ने कहा।

''मुझे भूख लग रही है,'' कूना ने कहा।

''तुम मेरा हाथ पकड़ लो।''

लड़का अपनी माँ के बाईं तरफ गोद में था। लड़के ने भी हाथ बढ़ाया। माँ ने दाहिना हाथ बढ़ाया।

कूना ने हाथ बढ़ाया तो उसकी माँ ने पकड़कर कूना को अन्दर खींच लिया।

''यहाँ कैसे आई ?''

''गिरकर आई।''

''जाओगी कैसे ?''

''गायब होकर चली जाऊँगी।'' कूना ने कहा।

''अच्छा, चलो, हाथ धोकर खाना खा लो।'' हँसकर लड़के की माँ ने कहा। ''सभी चीजें एक साथ गिर रही हों तो आपस में गिरना स्थिर लगता होगा।'' उसकी माँ ने कहा। ''क्या तुमको ऐसा लग रहा है कि तुम गिर रही हो ?'' उसकी माँ ने पूछा।

तब स्थिर खड़ी कूना ने अपना दाहिना पैर उठाया। एक पैर पर थोड़ी देर खड़ी रही। यह जाँचने के लिए कि गिर नहीं रही है।

खाना खाकर कूना कुछ देर तक लड़के के साथ खेलती रही।

फिर उसे सबकी याद आई।

''मैं जा रही हूँ। बहुत काम है।''

''फिर आना।'' लड़के की माँ ने कहा।

''जरूर आऊँगी,'' कूना ने कहा।

''लेकिन तुम आओगी कैसे ?''

''जैसे अभी आई। वैसे आ जाऊँगी।''

''सामने के दरवाजे से जाना। सामने का दरवाजा भी पीले रंग का है।'' लड़के की माँ ने कहा।

''आपके छप्पर पर एक बगुला बैठा था। अब उड़ गया। यहाँ जो उड़ता है, क्या वह भी गिर रहा होता है ?'' कूना ने पूछा।

''जब छप्पर पर बैठा था, तब तो गिर रहा था। उड़ते हुए वह उड़ रहा होता है।'' लड़के की माँ ने कहा।

''मैं चिट्ठी लिखूँगी। पता क्या है ?''

''पता ?'' कहकर लड़के की माँ रुक गई।

''क्या पता बताऊँ ?'' उसकी माँ ने फिर कहा।

''पीला दरवाजा लिख दूँ ?'' कूना ने पूछा।

''हाँ, यह ठीक रहेगा।''

''चिट्ठी मैं बौने पहाड़ के मुँह के अन्दर डाल दूँगी।'' कूना ने कहा।

''मैं भी लिखूँगी।'' लड़के की माँ को कूना से बात करने में मजा आ रहा था।

''पर मेरे घर के लकड़ी के दरवाजे में रंग नहीं है।'' कूना ने कहा।

''रंग नहीं है दरवाजे में, यह पता ठीक है।''

''हाँ।'' कूना ने कहा।

कूना जिस दरवाजे से आई थी, वह घरों का पिछवाड़ा था। यह गिरती गली पिछवाड़े की गली थी।

''यहाँ बगुले बहुत आते हैं। घर के सामने एक तालाब है।''

लड़के की माँ ने कहा।

''उस तरफ जो तालाब है क्या वह गिर रहा है ?'' कूना ने पूछा।

''यह बस्ती गिरती हुई बस्ती है। जो तालाब समेत है। हम लोग नहाने धोने तालाब जाते हैं। तालाब हमारे घर के सामने हमेशा रहता है। पिछवाड़े की गली कुछ ज्यादा तेज गिरती है। हम लोग इसका उपयोग नहीं करते। जब कोई इस गली में चला जाता है, तब किसी घर का दरवाजा सामने आ जाता है। दरवाजा खुलता है तो वह अन्दर चला जाता है। सामने की तरफ निकलकर घर लौट आता है।

कूना का पेट भर गया था। कूना के सभी मित्रों ने किसी न किसी के घर में खाया होगा। भूख लगते ही खाना खिलाने वाले घर का दरवाजा आ जाता है। दरवाजा खुलता है और अन्दर चले जाते हैं। जो लौट नहीं पाते होंगे। यहीं बस जाते होंगे। इस गिरती हुई बस्ती वाले यह भूल गए होंगे कि उनके पुरखे यहाँ गिरकर आए थे। कई पीढ़ियों पहले यह बस्ती बसाई होगी। बोलू और बोलू के दोस्त अभी तक गिरी नहीं बस्ती के लोग थे।

हाथ से रस्सी छूट जाने के बाद पहले भैरा डरा कि अब वह मर जाएगा। गिरते हुए ठंडी हवा उसे अच्छी लग रही थी। उसे नींद आने लगी। उसे लगा कि मरने के पहले आदमी सो जाता होगा। नींद खुल गई तो जिंदा हो गए। नींद नहीं खुली तो हमेशा के लिए सो गए। गिरते हुए भैरा सो गया। वह सोते हुए गिरने लगा। वह गिरने में गुलाटी भी लेता। गिरते हुए भी वह करवट बदल लेता। ऐसे में वह गुलाटी खाता। वह स्वप्न देख रहा था कि वह उड़ रहा है। फिर उसे लगता कि वह उड़ते हुए गुलाटी खा रहा है। जबकि वह गिरते हुए गुलाटी खा रहा था। एक गहरी नींद में एक गहराई में गिरते हुए वह सो रहा था। एक शून्य में हवा के स्पर्श के बिस्तर पर सो रहा था। वह एक ऐसे झूले में था जो ऊँचाई से केवल नीचे जा रहा होता है।

पेट भर जाने के बाद गिरते हुए बोलू को लगा कि हवा के झोंकों के पंख जैसे खुल गए। उसे पतरंगी चिड़िया की चहचहाहट सुनाई दे रही थी। बोलू इतना हलका हो चुका था कि जैसे गिरने से थम गया था। लगातार हवा में गिरते हुए हवा के तेज स्पर्श से वह अपने आप को बोलू के आकार का, हवा का झोंका महसूस करने लगा। फिर हवा का एक तेज झोंका जो नीचे से ऊपर की ओर जा रहा था उसे धक्के की तरह लगा। यह झोंका किसी तेज आँधी का टुकड़ा था। लगातार नीचे से ऊपर की ओर जाते आँधी के झोंके से बोलू ऊपर होता चला गया। बोलू को भी जल्दी थी। उसे लगा कि वह पल भर में शिखर के मुख तक पहुँच गया। शायद किसी बहुत छोटे रास्ते से जो सचमुच पल भर का होगा, ऊपर आ गया। घिर्री को ढकेलकर उसने हटा दिया था। घिर्री 'खड़ ! खड़ !' ढलान से लुढ़कती हुई दूर चली गई। अब वह मुख से बाहर आ गया था। बोलू को अपने साथियों को बचाना था। उसके साथी कई दिनों के गिरने के रास्ते में भटककर गिर रहे होंगे।

बोलू के पास समय कम था। वह सीधे बूढ़े बाबा के पास गया जिनसे रस्सी खरीदी थी। मौलश्री के पेड़ पर दो दिन और एक रात लंबी रस्सी बँधी थी। उसका अधिकांश हिस्सा गहराई में लटका था। जब बोलू ऊपर आया तब उसे रस्ते में कहीं रस्सी लटकी दिखी नहीं थी।

बोलू बोलकर सोचने लगा। सोचकर वह सीधे बूढ़े बाबा के

पास गया, जिनसे उन लोगों ने रस्सी खरीदी थी। बोलू ने बूढ़े बाबा के चारों तरफ परिक्रमा करते हुए पूरी बात बताई।

''बूढ़े बाबा। मैं क्या करूँ ?'' बोलू ने पूछा। बोलू का भोलापन उतना ही बड़ा था जितना बड़ा बूढ़े बाबा का बुढ़ापा था।

बूढ़े बाबा ने कहा, ''यह काम मेरे लिए बहुत कठिन है। मैं धीमी आवाज को जोर से सुन लेता हूँ। तुम ऐसा करो, बड़े भाई के पास चले जाओ जो भूतकाल से भविष्य तक टहलते हैं। अभी आसपास इसी वर्तमान में मिल जाएँगे। वे बहुत धीमा सुनते हैं। वे तारे का टूटना उसी समय सुन लेते हैं जब वह टूटता है। बरसों पहले टूटे तारों को जिन्हें तुम अभी देख रहे हो। वे उनको दिखाई नहीं देते। हमारा जो दूर तक का भविष्य है, वह भी उनका वर्तमान है। हमारे भूतकाल के लोगों से उनकी मित्रता है। उनसे वे मिलते रहते हैं। जब भूतकाल में होते हैं तो भविष्य में टूटने वाले तारों को भूतकाल में ही टूटता देख लेते हैं। पर धीमा सुनते हैं। पर उनकी मर्जी भी है। सुनना, देखना वे टाल सकते हैं। जब जिसे वे सुनना या देखना चाहें वे देख ल़ेते हैं। एक ही तारे का एक बार टूटना वे बार-बार देख सुन सकते हैं। कुछ लोगों का कहना है, बहुत से तारों का जन्म उनके सामने हुआ है। और बहुत से तारे अपने बचपने से उनके मित्र हैं। बहुत अधिक उम्र न भी हो पर वे हजारों साल के समय के आर पार हो जाते हैं। जब तारा टूटता है, टूटने के प्रकाश को उसके उत्पन्न होते समय देख लेते हैं। इतनी तेज दृष्टि है।

मन की बात सोचते हुए बोलू उनके बड़े भाई के पास गया। उनके घर की जगह केवल एक दरवाजा लगा था। जैसे अनंत के सामने एक दरवाजा लगा दिया गया हो। और लगाया गया दरवाजा भी खुला दरवाजा है। जो कभी बंद नहीं हो सकता। दरवाजे के अन्दर से भी अनंत, आजू-बाजू से जाओ तो भी एक अनंत खुला हुआ था। परन्तु दरवाजे से अन्दर जाओ तो बहुत सुख मिलता था। दरवाजे से न जाओ तो वह सुख नहीं मिलता था। किसी अपने के, ऐसे घर में

आए जो अपना घर है का सुख।

दरवाजे से अन्दर घुसते ही बौना पहाड़ दिखा। वे बौने पहाड़ के मुख के पास खड़े थे।

बोलू के बोलने के पहले वे बोले, ''मुझे मालूम है।''

वे बहुत धीमे बोल रहे थे। बोलू बोलता तो चार कदम दूर जाकर उनको क्या सुन नहीं पाता ? परन्तु यह भी सच था कि उनका कहा दूरी के किसी भी छोर पर खड़े रहने से इतना ही धीमा सुनाई देता। समीप से सुनने के बराबर दूर से सुनना था।

मुख के पास खड़े होकर उन्होंने अन्दर झाँका और सबके बारी-बारी से गिरने की आवाज सुनी। वे सबकी आवाज सुनने के हकदार थे। यह हक मनुष्य से प्रेम करने से मिलता था। सब के गिरने की आवाज बहुत धीमी थी, जैसे गिरे नहीं। तल की धरती पर एक-एक कर खड़े हो गए। हर बार 'खन्न-खन्न' की आवाज भी हुई थी। सबसे आखिरी में भैरा गिरा होगा।

भैरा नींद में ही था जब गिरा। बहुत हलके से गिरने के बाद भी उसकी नींद खुल गई। गिरते हुए उसे बहुत अच्छी नींद आ रही थी।

बोलू को उनके चिल्लाने की आवाज आ रही थी। कुछ सोचकर वह बूढ़े बाबा के घर के दरवाजे से बाहर आ गया। बाहर आने के बाद भी वह वहीं पर था। बौने पहाड़ के पास पर बूढ़े बाबा नहीं थे। क्या वे अपने घर पर थे ? या किसी दिशा में गए ? बोलू ने चारों तरफ देखा। उनका जाना सभी दिशाओं में एक साथ होता होगा। एक तरफ नहीं वे चारों तरफ जाते होंगे। दिशाओं को समेटकर वे चले जाते होंगे।

धीरे से गिरने के बाद जैसे कुछ नहीं हुआ, वे बौने पहाड़ की तराई से निकलकर खुशी से चिल्ला रहे थे।

सब चिल्लाते हुए जब पास आ गए तो उनकी जेबों में भरे सिक्कों की 'खन्न ! खन्न !' भी सुनाई दी।

कूना ने आते ही बोलू का हाथ पकड़ लिया। उसके दूसरे हाथ में सिक्के थे। सभी की जेबें भरी थीं। भैरा हाँफ रहा था। उसने सबसे अधिक सिक्के बटोरे थे।

बोलू ने गाया :

''छुट्टी का दिन बीतने वाला है
थोड़ा समय बचा है
पहाड़ के मुख से सब सिक्के डालें
फिर जब मर्जी हो वापस आएँ
सुनें अपने लौटाए सिक्कों का गिरना
कि हमने लौटा दिया।''

कूना ने बोलू को अपने कुछ सिक्के मुख में डालने के लिए देने

चाहे तो बोलू ने नहीं लिया। बोलू मुख के पास आ गया था। बोलू का हाथ पकड़े कूना भी।

बोलू ने कहा, वह पत्थर डालेगा। वह मुख के और पास आ गया। भैरा ने छाँटकर एक अच्छा पत्थर बोलू के लिए उठाया। पर बोलू ने ध्यान नहीं दिया। बोलू ने खुरदुरा, खराब सा पत्थर उठाया और मुख के अन्दर छोड़ दिया। उसके मन में था कि यह पत्थर गिरते हुए हवा की रगड़ से बहुत चिकना, चमकदार हो जाए। शायद कोई सुनहरा रंग आ जाए। या नीला चमकदार हो जाए। यह पत्थर खिड़की के दृश्य में दूसरों पत्थरों के बीच गिरता हुआ दिखता रहे। या खिड़की के दृश्य का आला हो और पत्थर उसमें रखा रहे। लड़की पत्थर को पहचान ले कि यह पत्थर बोलू का है। कभी हाथ बढ़ाकर उसे ले ले। उसी जगह फिर रख दे। बोलू का पत्थर हिलडुल कर अपनी पुरानी जगह में आकर वहीं गिरता हुआ दिखे। कूना के मन में यह आया कि मित्रों के द्वारा डाले सिक्कों से एक-दो सिक्के पीले दरवाजे के सामने खन्न-खन्न गिरे। सबके मन में सिक्के डालते हुए कुछ न कुछ जरूर था।

समय उनको समझ में नहीं आ रहा था। लगता था, छुट्टी का दिन अभी भी थोड़ा बचा है। कभी लगता कि दूसरे दिन की सुबह है और घर जाकर उन्हें स्कूल की तैयारी करनी है। गुरुजी को छुट्टी का दिन कैसे बीता, यह बताना था।

सबको भूख लग रही थी। और सब अपने-अपने घर के दरवाजे के सामने खड़े थे।

●●●